S'ENGAGER EN AMITIÉ

Coordination éditoriale :
Pauline Gagnon

Conception graphique :
Studio Feed

Révision :
Annick Cheney

Correction d'épreuves :
Max Hugny

ISBN 978-2-89719-850-3

Dépôt légal : 2e trimestre 2023

Imprimé en février 2023
chez Présence Graphique
à Monts (37), en France

Les Éditions Écosociété reconnaissent l'appui financier du gouvernement du Canada et remercient la Société de développement des entreprises culturelles (SODEC) et le Conseil des arts du Canada de leur soutien.

Gouvernement du Québec – Programme de crédit d'impôt pour l'édition de livres – Gestion SODEC.

écosociété

Canada

SODEC Québec

Conseil des arts du Canada Canada Council for the Arts

Camille
Toffoli

S’engager en amitié

RADAR

DES AMITIÉS À CÉLÉBRER

INTRODUCTION

J'ai grandi à Lennoxville, en périphérie de Sherbrooke. Chaque année, vers la mi-juin, avait lieu une fête communautaire appelée «*Friendship Day*». L'événement durait une journée complète et était coordonné par un comité de bénévoles. Dans une petite municipalité où les sources de distraction sont limitées, ce genre de tradition prend une importance presque démesurée. Quelques semaines à l'avance, des affiches colorées étaient posées sur les murs de mon école primaire et dans les commerces du quartier pour nous rappeler que c'était «UNE JOURNÉE À NE PAS MANQUER».

Au final, il ne se passait jamais grand-chose pendant *Friendship Day*. Les pompiers volontaires tenaient un kiosque d'information où les enfants essayaient des casques trop grands juste pour rire. Les monsieurs du club de curling vendaient des desserts maison (sans doute cuisinés par leur femme). Une petite tombola était aménagée dans le fond du parc municipal, et on profitait du rassemblement pour prendre des nouvelles des voisin·e·s qu'on n'avait pas croisé·e·s depuis longtemps. C'était surtout une occasion d'attraper les premiers coups de soleil de l'année, de manger des hot-dogs gratuits et de se faire maquiller en Spider-Man. C'est bon, les hot-dogs, et je n'ai rien contre les maquillages, mais ça ne m'a jamais semblé des motivations suffisantes pour déployer autant d'énergie.

Avec le recul, je réalise que si *Friendship Day* m'ennuyait autant, c'est peut-être parce que je ne comprenais pas trop ce que l'amitié avait à voir avec le *small talk* et les jeux gonflables. L'amitié me semblait – et me semble encore aujourd'hui – une chose beaucoup trop importante pour qu'on lui accorde une célébration aussi peu palpitante. L'amitié, à laquelle aucune grande fête n'est vouée dans la culture nord-américaine, aurait mérité plus que ces quelques activités organisées pour distraire les petites familles. Quels fabuleux *partys* nous aurions si on consacrait à fêter l'amitié au moins la moitié des moyens qui sont déployés chaque année pour souligner l'amour ! Quand on y pense, les gens qui se marient dépensent parfois des dizaines de milliers de dollars juste pour officialiser leur union...

Je tiens à préciser que je n'ai jamais été fan non plus de la Saint-Valentin. À l'époque de mon secondaire, je n'ai pas eu tellement de prétendant·e·s. Mis à part l'année de mes 15 ans, où j'avais un chum qui m'a offert une Kit Kat achetée le matin même dans la machine distributrice de la cafétéria, je n'ai jamais été l'élue de personne à la Saint-Valentin. Même si j'étais entourée de plein de gens significatifs qui m'aimaient, cette journée-là, je me sentais toujours plus nulle et seule que le reste de l'année. Une fois, mon amie Audrey et moi avions eu l'idée de nous envoyer des messages via le système de courrier du cœur organisé par le conseil étudiant. La lettre-fleuve qu'elle m'avait envoyée, dans laquelle elle citait de longs extraits de nos chansons préférées, était sans doute la plus belle qu'on ne m'ait jamais écrite. Mais nous avions quand même l'impression d'avoir raté quelque chose, d'être à côté de la plaque avec nos déclarations d'amitié dans ce festival du petit cœur à la cannelle.

Même pendant mon cégep, alors que j'avais plus de succès en amour, j'ai continué à haïr la Saint-Valentin. Je commençais à m'intéresser à l'anarchisme et toute cette mascarade pseudo-romantique m'apparaissait comme un gros complot capitaliste pour faire de l'argent. Un prétexte pour vendre des chocolats *cheap* à la tonne et des forfaits pour deux au spa. Je vivais avec plusieurs ami·e·s dans un appartement délabré où nous soupions tou·te·s ensemble dans le salon parce que nous n'avions pas de table à manger, et ce mode de vie me semblait beaucoup plus réjouissant que celui des couples qui vivaient en tête à tête et s'achetaient des cadeaux trop chers. La seule fois où nous avons organisé quelque chose pour le 14 février, c'était un gros *party* où il y avait une règle : interdiction de parler de relations amoureuses, de *dating*, ou de quoi que ce soit qui concerne les yeux doux ou les petits bisous.

Loin de moi l'idée de m'opposer à l'amour romantique ou de parler en mal de ma ville natale. Ce que j'essaie surtout de démontrer, avec cette longue tirade contre *Friendship Day* et la Saint-Valentin, c'est que la valeur des liens amicaux est trop peu considérée dans la société où nous vivons. Que des enfants et de jeunes adolescent·e·s veuillent passer tout leur temps libre à jouer avec leurs ami·e·s, cela paraît normal, mais plus on vieillit, moins cet ordre de priorité semble aller de soi. Lorsqu'on nous présente la vie typique de personnes adultes épanouies, on nous montre des gens qui travaillent toute la journée, puis rentrent à la maison passer du temps avec leur conjoint·e et prendre soin de leurs enfants. Il n'y a pas de mal à ça. Beaucoup y trouvent leur bonheur. Ce qui est dommage, toutefois, c'est que ce modèle soit toujours montré comme le «choix numéro 1», alors que les relations amicales sont présentées comme secondaires, presque optionnelles. Tellement de choses sont là pour nous faire croire que la famille et le couple devraient être au centre de nos vies. Ce type de relations est de loin le plus représenté dans les films, les téléséries, les publicités. On parle de «logements pour couple ou personne seule» et de «maisons unifamiliales», mais jamais de «demeures multiamicales». À La Ronde ou au Jardin botanique, on peut profiter d'un forfait spécial si on est «deux parents-deux enfants», mais il n'y a jamais de rabais pour les petits groupes d'ami·e·s...

Traditionnellement, le couple est une sorte de *package deal* qui vient avec ses règles et ses exigences : un engagement à long terme, l'exclusivité sexuelle, la fidélité, le partage de la vie quotidienne. Aujourd'hui, beaucoup de gens souhaitent aimer autrement et essaient de réinventer ces règles. On parle de plus en plus de polyamour, de couple ouvert, de triades amoureuses. Je pourrais dresser une longue liste de toutes les configurations sexuelles et romantiques auxquelles on a donné un nom. Avec les liens amicaux, c'est tout le contraire. Le mot amitié est utilisé pour désigner une diversité sans fin de rapports humains. Il y a des ami·e·s à qui on parle tous les jours, d'autres qu'on ne voit que rarement, mais à qui on raconte sans hésiter nos secrets les plus intimes, des ami·e·s d'enfance et des amitiés récentes, des ami·e·s qui partagent nos goûts et nos opinions, d'autres avec qui on a peu de points communs, mais qu'on aime infiniment. Souvent, les amitiés se transforment avec les années, sans qu'il y ait de ruptures nettes : les gens changent de ville, sont moins disponibles pour une raison ou pour une autre. On ne cesse pas pour autant de se dire ami·e·s, et la complicité qui nous unit peut continuer à grandir si on prend soin de l'entretenir. Les amitiés profondes ont souvent quelque chose d'inconditionnel, et c'est ce qui fait leur force.

Le manque de vocabulaire pour décrire avec précision ces relations ne devrait pas nous empêcher de reconnaître leur rôle fondamental. Les chapitres qui suivent comportent des exemples de gens qui ont, de différentes manières, choisi de revaloriser l'amitié et de la mettre au premier plan dans leur vie. Je me suis intéressée aux liens humains qui peuvent se développer lorsqu'on ne voit pas seulement l'amitié comme une possibilité de se divertir le vendredi soir, mais comme quelque chose qui mérite qu'on lui accorde de l'énergie et de la réflexion. Il n'y a pas de modèles préétablis pour nous apprendre comment «bien vivre» l'amitié. Il n'existe aucun «guide de l'ami·e parfait·e» qui nous ferait éviter les conflits sans se casser la tête.

> Les amitiés sont des relations dont il faut sans cesse réinventer les règles, et c'est sans doute en partie parce qu'elles nous forcent à nous questionner sur nous-mêmes et sur notre rapport aux autres qu'elles peuvent nous aider à devenir de meilleures personnes.

L'amitié influence nos parcours individuels, mais elle peut aussi avoir un impact politique. Dans ce livre, je m'intéresse à une diversité de types de relations amicales, à leurs dimensions intimes et sociales. Les témoignages que j'ai recueillis montrent qu'instaurer des espaces de vulnérabilité, c'est-à-dire des communautés où on peut parler librement de ce qui nous affecte et nous préoccupe, peut nous donner envie de nous mobiliser pour améliorer nos conditions de vie et celles des gens qui vivent des problématiques similaires aux nôtres. Que créer des liens de solidarité entre femmes, entre personnes trans ou NON-BINAIRES aide à se sentir plus fort·e·s et à lutter contre les discriminations dont on est victimes. À travers ces exemples, j'ai voulu montrer combien l'amitié peut influencer notre identité et notre quotidien. Je défends aussi l'idée que les amitiés jouent un rôle politique, qu'elles ont le potentiel de transformer le monde dans lequel nous évoluons.

Ce livre témoigne de mon expérience individuelle de l'amitié, des relations qui m'ont fait de la peine, de celles qui m'ont fait grandir, de celles qui ont changé radicalement mon regard sur la vie. J'y donne également la parole à d'autres personnes qui ont accepté de partager des pans de leur histoire personnelle et de réfléchir avec moi aux différentes facettes de la vie amicale. Je développe aussi mes idées à partir de textes théoriques et d'œuvres (romans, films, téléséries, etc.) que vous pourrez ensuite découvrir par vous-mêmes, si vous souhaitez approfondir votre propre réflexion. Vous pouvez

Une personne non-binaire est une personne qui ne se définit pas exclusivement comme homme ou comme femme.

parcourir les chapitres dans l'ordre ou dans le désordre. Vous pouvez aussi vous contenter de lire ceux dont les thématiques vous interpellent le plus. Ce livre est l'image de son sujet. Un peu comme l'amitié ouvre un champ de possibilités sans fin, cet essai a été écrit pour que vous puissiez en faire votre propre lecture originale.

1

IL FAUT MIEUX AIMER LES FILLES

POUR DES AMITIÉS FÉMINISTES

Les amitiés entre filles sont plus compliquées que les amitiés entre garçons. Voilà un vieux cliché. Je ne compte pas les fois où mes parents ont roulé les yeux vers le ciel lorsque je leur rapportais les conflits qui divisaient mes cercles de copines, au primaire comme au secondaire. Peu importe l'objet de la chicane du moment, leurs réactions exaspérées me laissaient croire qu'il y avait quelque chose d'un peu insignifiant dans ces mésententes qui, pourtant, nous affectaient sincèrement. Je vous laisse y penser quelques secondes : je suis certaine que vous pouvez trouver plusieurs représentations (dans les films, les téléséries, etc.) d'amitiés féminines toxiques. Les filles sont jalouses les unes des autres. Elles s'observent, jugent leurs habillements, scrutent leurs comportements, comparent leurs apparences physiques. Plutôt que de se confronter directement, elles tombent dans la médisance et font preuve d'hypocrisie en feignant la gentillesse par la suite. Elles se trahissent en sortant avec les ex des autres. Elles sont susceptibles, se sentent vexées pour un rien. Voilà des idées préconçues auxquelles nous sommes sans cesse exposé·e·s.

Qu'on y adhère ou non, ces généralisations finissent par teinter négativement notre perception des amitiés féminines. Tout le monde trouve bien mignon que des petites s'amusent avec des poupées et fassent des bricolages ensemble (pendant que les petits garçons jouent au camion ou au ballon), mais dès qu'elles vieillissent et que leurs rapports deviennent plus complexes, elles se font dire qu'elles sont tellement *compliquées*. On ne leur apprend pas à décortiquer et à déconstruire les émotions négatives (par exemple l'envie et la jalousie), mais plutôt à fuir les conflits pour investir des amitiés *plus simples*.

Il n'y a pas de mal à éviter la chicane, cela semble même a priori un réflexe sain. Le problème est qu'à long terme, ces dynamiques qui paraissent inoffensives ont un effet social réel. Cette idée selon laquelle un «groupe de filles» serait synonyme de «paquet de troubles» dissuade celles-ci de s'organiser entre elles, de trouver des manières de bien vivre ensemble. Cela les décourage de bâtir des solidarités précieuses qui pourraient changer leur vie significativement. C'est dans cette optique que de plus en plus de féministes cherchent à réhabiliter les amitiés féminines.

o

La première fois que j'ai discuté avec Roxane, c'était à une soirée à laquelle m'avait invitée mon amoureux, qui est un de ses ami·e·s de longue date. Dès nos premiers échanges, elle m'a posé plusieurs questions et a écouté mes réponses avec intérêt. Elle m'a vite raconté des épisodes assez intimes de sa vie, et laissait voir une volonté sincère d'entrer en relation avec moi. Son profil aurait facilement pu me la rendre intimidante : au début de la trentaine, elle est déjà une poète émérite et dirige une maison d'édition réputée. Pourtant j'ai vite été à l'aise en sa compagnie, sans doute parce que je me suis immédiatement sentie vue comme une personne singulière et intelligente, et non comme «la blonde de». J'ai donc été surprise lorsqu'elle m'a mentionné, au milieu de la conversation : «Ça m'a pris du temps à comprendre la pertinence de la SORORITÉ. J'ai passé une grande partie de ma vie à vouloir être *one of the guys* plutôt qu'à m'allier aux autres filles.»

Pour moi, ç'a toujours été le contraire. Quand j'essaie de faire l'inventaire de mes relations depuis l'adolescence, je réalise que les quelques hommes cisgenres avec qui j'ai développé de la complicité non sexuelle sont soit les chums de mes ami·e·s, soit des ex de qui je suis demeurée proche. Je pourrais sans doute trouver plusieurs explications à cette donnée de ma vie personnelle, mais ce qui m'intéresse, c'est surtout de comprendre pourquoi d'autres filles recherchent tant la proximité des garçons et, surtout, pourquoi elles préfèrent cette proximité à celles des filles.

Lorsque j'ai commencé à travailler sur ce projet de livre, j'ai eu envie d'aller bruncher avec Roxane afin qu'elle me parle de son passé amical.

La sororité est le pendant féministe de la fraternité. Employé par plusieurs militantes et théoriciennes, ce terme désigne un lien non-hiérarchique de confiance et de solidarité entre femmes.

o

[MOI] Tu as toujours voulu être *one of the guys*, ou ç'a commencé à un moment en particulier?

[ROXANE] Ça remonte à l'époque du secondaire. Je ne me souviens pas d'un moment exact, mais il y a un événement qui m'a beaucoup affectée, et qui a clairement influencé mon rapport à l'amitié féminine par la suite. En secondaire 1, je faisais partie d'un groupe de filles. Nos casiers étaient côte à côte, on passait toutes nos pauses ensemble et on se voyait de temps en temps la fin de semaine. À l'époque, je m'habillais comme une enfant modèle, je portais des couleurs sobres et de longs bas qui remontaient jusqu'aux cuisses. (Lorsqu'elle me dit ça, je souris en regardant ses bras tatoués, ses cheveux bleus et ses tempes rasées.) Ça a changé le jour où je suis tombée sur un médaillon en forme de *peace* et un lot de bracelets colorés dans un sac surprise du Ardène. J'ai découvert que j'aimais ça, porter des choses plus excentriques. Ça me donnait l'impression d'exprimer une part fantaisiste de moi, ça me faisait du bien, mais pour une raison obscure, ça n'a pas plu à mes amies. Un samedi soir, une fille du groupe nous avait invitées à dormir chez elle. Pendant la soirée, alors que nous étions dans sa chambre, elle a suggéré que nous nous dessinions sur le corps avec des crayons-feutres lavables. Elles m'ont proposé d'enlever mon haut et de me coucher sur le ventre pour qu'elles puissent me décorer le dos. Après plusieurs minutes à sentir les crayons qui barbouillaient mon dos, à les entendre pouffer de rire et parler de moi comme si je n'étais pas là, j'ai compris qu'elles étaient en train de me couvrir de moqueries. Quand j'ai voulu m'en aller, elles se sont postées devant la porte de la chambre pour m'empêcher de sortir. Selon elles, il était temps de me dire mes quatre vérités, de me faire comprendre que mon look était hideux. Que je dépassais les bornes, que mon «*nouveau déguisement* était ridicule». J'ai oublié le reste de la nuit, mais je me souviens qu'à un certain moment, j'ai envisagé de sortir par la fenêtre, descendre dans le banc de neige en pyjama, même si nous étions au deuxième étage, pour pouvoir rentrer chez moi. Le lendemain matin, lorsque ma mère est venue me chercher, je me suis effondrée en larmes dans son auto. La violence que j'ai subie cette nuit-là a brisé quelque chose dans mon estime de moi et ma confiance dans les autres.

[MOI] Et tu as préféré te tenir avec des gars à partir de ce moment-là?

[ROXANE] Oui, à peu près à la même époque, je me suis inscrite à des cours de théâtre en parascolaire. Dans les groupes, il y avait une majorité de filles et quelques garçons, mais spontanément, c'est surtout avec eux que je voulais me lier d'amitié. Je trouvais ça plus gratifiant. J'avais l'impression que ça donnait une image de moi plus intéressante. Quand je participais à leur conversation, je me sentais «comme eux», mais aussi *spéciale*, parce que j'étais la seule fille à être intégrée à leur groupe. J'ai vite réalisé que pour assurer son statut de *one of the guy*, il y avait deux étapes : me rapprocher d'un groupe de gars, puis séduire l'un deux (de préférence quelqu'un qui a une position de leader dans le groupe) et sortir avec lui.

C'est une dynamique que j'ai continué à entretenir jusqu'à l'âge adulte. Je me souviens des soirées de poker que mon ancien copain organisait chez lui avec ses amis et où j'étais invitée en tant que « blonde de » et non en tant que bonne joueuse de poker. Je luttais souvent pour rester éveillée le plus longtemps possible, pour demeurer autour de la table jusqu'aux petites heures du matin à boire des bières dans un nuage de fumée (fumer en dedans, ça fait partie du rituel poker). Je trouvais ça valorisant de me sentir intégrée à une activité « de gars », j'avais l'impression de jouer un rôle dans une mise en scène et j'aimais ça.

[MOI] Est-ce que ta personnalité était différente, avec un groupe de gars ?

[ROXANE] Oui, je dissimulais instinctivement une partie de ma sensibilité. J'entendais toujours des petites blagues sexistes que je devais ignorer pour ne pas plomber l'ambiance. J'essayais de leur ressembler en partageant leur type d'humour. Je voulais leur montrer que j'étais « comme eux » : qu'ils pouvaient me parler de n'importe quoi sans qu'il y ait de gêne ou de malaises. J'essayais de les séduire par mon écoute : être leur confidente était une bonne manière de me sentir importante à leurs yeux. Avec le recul, je réalise qu'en voulant tellement être appréciée d'eux, j'accordais une valeur démesurée à leurs opinions et leurs manières d'être. Je n'aurais jamais affirmé que «les gars valaient mieux que les filles», au contraire, mais en recherchant autant leur approbation, je pense que sans le dire comme tel, je dévaluais ce que c'était, *être une fille*.

[MOI] Je t'écoute, et j'ai l'impression que tu cachais une part de ta sensibilité pour te protéger, mais que tu en faisais ressortir une autre pour te rendre agréable et aimable à leurs yeux. Lorsqu'ils avaient des attitudes qui auraient pu te heurter, tu refoulais ton ressentiment. Mais lorsqu'ils te déballaient leurs problèmes personnels, tu t'assurais de faire preuve d'empathie. Est-ce que mon analyse est juste?

[ROXANE] Oui, en fait, je faisais ressortir exclusivement les parties de moi qui, je le croyais, allaient m'aider à être *choisie* et protégée par des garçons. Ça me semblait tellement impossible, à l'adolescence, d'être vue et aimée pour ce que j'étais, que ça m'apparaissait normal de faire des compromis sur ma vraie personnalité pour être appréciée. En fait, je ne savais pas exactement qui j'étais, mais je me concentrais beaucoup sur les «aspects masculins» que je trouvais en moi.

[MOI] Aujourd'hui, tu entretiens des amitiés fortes avec plusieurs filles. Comment est-ce que ç'a changé?

[ROXANE] Lorsque j'ai commencé à publier de la poésie, j'ai développé des liens de solidarité avec d'autres jeunes autrices. Je suis entrée dans le milieu littéraire très jeune, au tout début de la vingtaine, et j'étais régulièrement intimidée par les gens que je rencontrais et les situations dans lesquelles je me trouvais. Alors que je m'étais souvent sentie en compétition avec les autres filles par le passé, j'ai reçu beaucoup de bienveillance et d'admiration sincère de la part de mes collègues. En me lisant, elles m'appréciaient dans toute ma complexité, elles considéraient que mes idées et ma sensibilité étaient dignes d'intérêt. J'ai compris que je pouvais être reconnue en étant intègre, et j'ai aussi appris à développer plus d'indulgence envers moi-même et à m'écouter au jour le jour. À partir de là, elles sont venues toutes seules, la générosité et l'ouverture que je peux avoir envers les autrices que je rencontre. C'est tellement plus facile d'être solidaire quand on ne se sent pas menacée et qu'on n'a pas besoin de se trahir. Aujourd'hui, j'ai un préjugé positif envers les filles et les femmes. Je sais qu'on fait face à des défis similaires ; je sais que je leur dois toute la douceur que j'espère pour moi-même. J'ai encore des amitiés fortes avec des hommes, mais ces relations ont changé : j'y suis moins en « performance », la communication entre nous est plus sensible, plus honnête.

J'ai saisi toute la pertinence de cette solidarité après avoir vécu différentes formes de violences sexistes, lorsque j'ai voulu parler ouvertement de mes

C'est tellement
plus facile
d'être solidaire
quand on
ne se sent pas
menacée
et qu'on n'a
pas besoin de
se trahir.

traumas. Je sais qu'il n'y a pas qu'un bon et un mauvais camp (celui des hommes et celui des femmes), les choses sont beaucoup plus complexes. Pourtant, lorsque je partageais mon expérience avec des femmes, ou avec des personnes trans ou non binaires, la compréhension était plus facile, plus spontanée. Je n'avais pas besoin de donner des détails ou de me justifier pour recevoir de l'empathie.

En ce moment, je dirige une maison d'édition, et je considère que j'ai une responsabilité. Ma position me donne la possibilité de faire grandir la sororité autour de moi. Je n'ai pas besoin de passer mes soirées à souper avec d'autres femmes du milieu littéraire pour cela, je veux surtout que les autrices, les éditrices et les autres travailleuses du milieu du livre sachent qu'elles ont mon appui et mon respect. Que je reconnais la valeur de leur travail, que j'accorde de l'importance à leurs expériences et à leur ressenti. C'est en entretenant activement ce genre de relations que nous construirons un milieu plus sécuritaire pour les femmes.

o

La vision de la solidarité qu'a développée Roxane est inspirante, et elle bénéficie autant à elle-même qu'aux femmes qu'elle côtoie. Son parcours amical, lui, n'a malheureusement rien d'exceptionnel. Les préjugés négatifs sur les groupes de filles ne sont pas complètement infondés : elle est loin d'être la seule à avoir vécu des formes d'intimidation semblables à celles que ses amies de première secondaire lui ont fait subir. Or il serait trop facile – et faux ! – d'expliquer cela par le fait que les filles sont naturellement déloyales.

La plupart des théoriciennes qui se sont intéressées à la question de l'amitié féminine en sont venues à des conclusions similaires : le climat de compétition entre les filles est le résultat d'un sexisme ambiant, il ne vient pas de leur mauvaise foi. Dans un monde où elles doivent se battre pour faire leur place, où elles sentent que seules les meilleures et les plus belles seront reconnues, il est normal qu'elles aient le réflexe de se diviser plutôt que de s'unir. L'artiste et militante française Chloé Delaume a dirigé en 2021 un ouvrage collectif intitulé *Sororité*[1], dans lequel elle réfléchit, avec d'autres autrices, à l'importance des relations entre femmes dans un contexte où celles-ci sont perpétuellement victimes de discriminations et d'agressions. Dans l'introduction, Delaume affirme que tout au long de leur vie, on empêche les femmes de développer entre elles des rapports égalitaires. « Nous sommes conditionnées, la rivalité entre femmes est savamment cultivée, la concurrence pour être la préférée de papa et ses incarnations sévit dès le bac à sable. » Par « papa et ses incarnations », elle désigne autant les patrons et les mentors que les professeurs et les futurs maris : tous les hommes en position de privilège qui ont la possibilité de choisir une femme plutôt qu'une autre et de lui offrir leur protection. Beaucoup de filles développent, dès leur plus jeune âge, la conviction que la beauté physique leur permettra d'accéder à l'amour et à la reconnaissance. Plus tard, lorsqu'elles intègrent des milieux de travail, elles réalisent qu'elles doivent faire

Les amitiés profondes se développent rarement, voire jamais, sans heurts. Elles se construisent au fil des beaux moments et des confidences, mais aussi des frictions, des explications, des malentendus qu'on résout par la suite.

plus d'efforts que leurs camarades masculins pour se démarquer. Dans ces conditions, il n'est pas étonnant qu'elles observent les corps des autres et se comparent, et qu'elles aient de la difficulté à se réjouir de l'épanouissement ou du succès de leurs consœurs.

Si les amitiés entre filles ont parfois l'air si *difficiles*, c'est sans doute précisément parce qu'elles ne vont pas *de soi*. La bienveillance n'est pas nécessairement un réflexe spontané lorsqu'on a été isolé·e ou que son estime de soi a été affectée. On ne peut pas attendre d'une personne qui doit constamment lutter pour être respectée et appréciée qu'elle ait pour priorité de défendre ses semblables. C'est ce qui peut aussi expliquer en partie pourquoi le quotidien n'est pas toujours harmonieux au sein des groupes de filles.

La sororité n'est pas une chose à laquelle nous sommes prédestinées ni un principe qu'on nous enseigne à l'école. C'est une philosophie qu'on doit apprendre, au prix d'un travail parfois ardu, mais qui est réalisable lorsqu'on s'y engage avec conviction. Cela nécessite un processus de réparation à la fois collectif et individuel. Pour que les filles puissent avoir confiance en leurs consœurs, il faut leur offrir des conditions favorables – à la maison, à l'école, au travail – à ce qu'elles développent leur confiance en elles-mêmes. Reconnaître que la rivalité et la jalousie féminines ne sont pas des phénomènes naturels, mais bien le résultat de dynamiques sociales inégalitaires est déjà un progrès immense, un pas vers une société plus féministe.

Et puis, pourquoi valoriser davantage les amitiés qui sont sans embûches plutôt que celles qui sont plus complexes? Il me semble qu'une partie du problème réside dans cette idée. Des gens investissent des centaines de dollars en thérapie de couple, et on voit généralement cela comme un signe de courage et d'investissement. On trouve normal que des parents achètent des livres de psychologie pour les aider à améliorer leurs rapports avec leurs enfants. Mais on voudrait tellement que les amitiés soient *simples*, qu'elles nous apportent le plus de plaisir et le moins de tourments possible. Évidemment, il faut demeurer vigilant·e·s par rapport aux comportements abusifs. Ceux-ci peuvent exister dans les relations amicales, et il n'y a aucune excuse qui puisse légitimer les attitudes toxiques. Or derrière les dynamiques compliquées se cachent souvent des fragilités, des insécurités, des ego blessés. Les amitiés profondes se développent rarement, voire jamais, sans heurts. Elles se construisent au fil des beaux moments et des confidences, mais aussi des frictions, des explications, des malentendus qu'on résout par la suite.

S'investir dans la gestion de conflits est loin d'être une perte de temps : c'est surtout le signe d'une intelligence émotionnelle et d'une foi dans les relations humaines.

Chloé Delaume dit que la sororité est « une démarche consciente, presque une éthique de vie », un processus qui demande un engagement collectif, mais qui a le pouvoir de lutter contre le sexisme. Selon elle, « la sororité est un outil. Un outil de puissance, une force de ralliement » qui peut permettre de briser l'isolement de certaines femmes.

Utilisons cet outil, et valorisons-le, même si cela peut impliquer des discussions interminables qui font rouler les yeux. Je ne veux pas nier la pertinence des amitiés mixtes, seulement défendre l'importance, pour les filles, de s'aimer davantage entre elles. De se trouver belles, intelligentes, talentueuses et de se le dire sans jalousie. Il n'y a pas de recettes faciles pour mettre fin au sexisme, mais en nourrissant la sororité, on peut lutter contre ses effets et contribuer à rendre notre monde plus habitable.

2

LAISSER TOMBER LES MASQUES

SUR LES AMITIÉS MASCULINES

Paru en 2015, le documentaire *The Mask You Live In*[2] (Jennifer Siebel Newsom) s'attaque aux STÉRÉOTYPES de la MASCULINITÉ en remettant en question les valeurs et les comportements qui sont inculqués aux garçons. La cinéaste interroge plusieurs jeunes hommes qui partagent avec elle leurs parcours personnels et expliquent comment ils ont été affectés, à différents moments de leurs vies, par la pression à « agir comme un homme ». Les protagonistes décrivent comment leurs parents, leurs entraîneurs, leurs camarades de classe leur ont fait sentir qu'il fallait toujours « rester fort » ; ils parlent des films et des jeux vidéo violents auxquels ils ont été exposés. Ils témoignent des manières dont ils ont été conditionnés dès leur plus jeune âge à dissimuler leurs émotions, à développer leur agressivité plutôt qu'à assumer leur vulnérabilité afin d'*avoir l'air virils*. Une des choses frappantes de ce documentaire, c'est la grande solitude à laquelle sont confrontés beaucoup de garçons. N'ayant jamais appris à parler ouvertement de leurs sentiments, ils ont de

Un stéréotype est un cliché, une opinion toute faite qui contribue à renforcer les préjugés.

Masculinité désigne les caractéristiques et les comportements qu'un homme doit développer pour correspondre aux normes sociales.

la difficulté à dépasser les échanges superficiels et à développer des relations significatives avec leur entourage. Beaucoup vieillissent ainsi avec l'impression de toujours devoir jouer un rôle plutôt que d'être appréciés pour qui ils sont.

La performance d'une telle masculinité normée a des effets négatifs sur les rapports sociaux, notamment sur les liens amicaux. En novembre 2020, quelques mois après le début de la pandémie de COVID-19, un article du journal américain *The Washington Post* intitulé «No game days. No Bars. The pandemic is forcing men to realize they need deeper friendships[3]» («Plus de matchs sportifs. Plus de bars. La pandémie fait réaliser aux hommes qu'ils ont besoin d'amitiés plus profondes») s'ouvrait sur un triste constat : en période de confinement, la vie sociale des hommes était en moyenne plus durement affectée que celle des femmes. Cela s'explique par le fait que les hommes seraient surtout habitués de se retrouver pour des activités «côte à côte», par exemple s'entraîner ou écouter un match de hockey, alors que les femmes auraient davantage l'habitude des rencontres en «face à face», c'est-à-dire de se voir simplement pour parler autour d'un café, d'un verre ou d'un repas. Parce qu'elles sont mieux entraînées pour les discussions à cœur ouvert, parce qu'elles ont développé le réflexe d'écrire à leurs ami·e·s juste pour prendre de leurs nouvelles, celles-ci auraient eu plus de facilité à entretenir les relations qui leur tenaient à cœur par des appels ou des conversations écrites alors qu'il n'était plus possible de se voir en personne. Si certains hommes ont profité de la pandémie pour défaire cette dynamique et développer des connexions plus profondes, beaucoup se sont retrouvés dans une situation de grand isolement qui a affecté leur santé mentale.

o

Je pourrais continuer à énumérer longtemps les références et les exemples qui expliquent pourquoi les garçons ont en moyenne plus de difficultés que les filles à entretenir et à approfondir des amitiés. Ce diagnostic n'est toutefois pas une fatalité : il faut travailler à renverser cette tendance. Le cas du collectif Bout du Monde montre bien qu'il est possible, pour des garçons, de construire entre eux des relations solides, basées sur un investissement émotionnel sincère.

J'utilise le terme «collectif», mais en fait, Bout du Monde ne correspond à aucune structure officielle. Le groupe composé de cinq garçons afrodescendants s'est formé il y a une dizaine d'années, grâce à l'initiative de l'artiste et militant antiraciste montréalais Ricardo Lamour. Ce dernier était préoccupé par les perspectives d'avenir s'offrant aux membres des communautés noires, par le manque de place pour celles-ci au sein des institutions et dans l'espace public. Convaincu que s'investir auprès des jeunes est la meilleure manière de changer le monde, il a formé un petit groupe composé d'enfants rencontrés à travers son réseau familial et communautaire, et a pris l'habitude d'inviter ce groupe à des événements politiques et culturels auxquels il participait. Même si ces enfants n'avaient à l'époque qu'entre sept et neuf ans, Ricardo croyait à la pertinence de les exposer à des discours qui ne leur étaient pas destinés et à des environnements où on ne les attendait pas. Il souhaitait, entre autres, les aider à cultiver leur curiosité et à déconstruire « les murs de leurs territoires imaginaires[4] », pour reprendre ses propres termes.

L'enthousiasme des cinq jeunes a motivé Ricardo à multiplier les rencontres et les activités. Pendant certaines périodes, ils se sont vus presque toutes les semaines. Au fil des années, ils sont allés dans plus de 200 lieux différents : des musées, des parcs nationaux, des concerts, des conférences, toutes sortes de restaurants. Plusieurs fois, Ricardo a entraîné le groupe dans des endroits où les personnes noires étaient sous-représentées, où leur présence suscitait les réactions. Il a emmené les jeunes dans des parcs aux quatre coins de la ville et dans des lobbys d'hôtels chics, puis les a incités à réfléchir à ce que ces environnements leur inspiraient. Ensemble, ils ont voyagé à travers le Québec et les États-Unis, escaladé des montagnes. Ils ont composé des chansons, créé un balado, écrit des textes, cumulé les anecdotes et les références communes.

Aujourd'hui, ces jeunes ont entre 17 et 19 ans. Certains ont changé de ville et les horaires chargés de plusieurs des membres ne leur permettent plus de se retrouver tous ensemble aussi régulièrement qu'avant, mais ils sont toujours aussi attachés à Bout du Monde. J'ai rencontré trois d'entre eux, Evans, Maxy et Nicholas, pour qu'ils me parlent de leur sentiment d'appartenance à ce groupe.

o

[MOI] Quelle influence Bout du Monde a eu sur votre cheminement personnel?

[NICHOLAS] Ça nous a permis d'apprendre à vivre à notre manière. Avec Bout du Monde, on n'était plus dans le cadre de l'école. Il n'y avait pas de règles, pas de bonnes et de mauvaises choses à dire. On avait le droit de penser comme on voulait, on avait l'espace pour se demander qui on était vraiment.

[EVANS] S'il n'y avait pas eu Bout du Monde, nous ne serions clairement pas à la même place. Je ne sais comment nous aurions grandi, mais c'est certain que nous serions des personnes différentes. Des fois, on traversait des choses difficiles, chacun de notre côté, des fois ça chauffait dans nos vies, mais on savait qu'on pouvait compter sur Bout du Monde. On savait qu'on allait se retrouver la fin de semaine, et qu'on allait vivre des moments spéciaux, qu'on allait se sentir à notre place. Les activités qu'on a faites ensemble, dans les dernières années, elles ont été une sorte de refuge.

[MOI] Qu'est-ce qui fait que cette amitié-là, plus que d'autres amitiés, est un refuge?

[NICHOLAS] L'ambiance, je dirais. C'est comme un cirque, quand on se voit. Parfois on a des projets plus sérieux, ou des trucs prévus d'avance, mais souvent, on se donne rendez-vous en début de journée sans savoir ce qu'on va faire exactement. On peut se retrouver pour manger un beigne au Tim Hortons, puis partir à Trois-Rivières sur un coup de tête. Une chose importante que Ricardo nous a apprise, c'est la spontanéité.

[EVANS] Oui, entre nous, il y a une confiance vraiment forte qui nous permet de faire à peu près n'importe quoi. On ne sait pas toujours comment la journée va finir, mais on sait qu'on va avoir du plaisir et qu'on va se retrouver quelque part au bout du monde. *(Rires)*

[MOI] De quoi parlez-vous le plus souvent lorsque vous vous voyez?

[EVANS] Des fois on parle de notre futur. Des fois on se pose des questions abstraites auxquelles on n'a pas de réponse. D'autres fois on fait juste se niaiser comme n'importe quels adolescents.

[MAXY] On passe beaucoup de temps à rire, mais on peut aussi avoir des conversations vraiment profondes, comme des gens de 20, 30, 40 ans n'en auront jamais. On se met ensemble dans des situations qui nous sortent de notre zone de confort, et ça nous amène plein de réflexions qu'on se partage après. Bout du Monde, ça implique un *mindset* particulier, c'est ça qui nous rassemble.

[MOI] Pouvez-vous me raconter un de vos meilleurs souvenirs liés à Bout du Monde?

[EVANS] Tous les moments passés dans une auto, à parler et écouter de la musique.

[MAXY] Quand on était encore petits, Ricardo nous amenait parfois dans un bureau où il travaillait après les heures d'ouverture, et on jouait à cache-cache. C'est con, ce n'était rien de spécial, mais on riait tellement. Si j'avais su que le temps allait passer si vite et que bientôt on ne serait plus des enfants, j'aurais profité encore plus de ces moments-là. *(Les autres garçons l'appuient en hochant de la tête.)*

Il y a aussi la fois où on est allés au mont Saint-Hilaire en plein hiver, une journée où il faisait vraiment froid. Après quelques minutes, on gelait déjà, et on se battait en riant juste pour se réchauffer.

[EVANS] Je pense qu'on peut voir cette histoire-là au sens figuré. Au début de la montée, il y en a qui voulaient abandonner. Pour réussir à se convaincre de continuer, on a dû se demander pourquoi on faisait ça, à quoi ça servait de marcher jusqu'en haut d'une montagne juste pour redescendre. On a fini par comprendre que la récompense, c'est le moment qu'on passe ensemble à monter, pas le sommet comme tel.

[NICHOLAS] Oui, c'est vraiment LE meilleur moment. Il y avait quelque chose de magique. C'est pas l'endroit qui était spécial, c'est pas l'activité, c'est juste le fait qu'on était ensemble. C'était assez pour se sentir bien. C'est ce jour-là que j'ai su que vous n'étiez pas juste mes amis, que vous étiez mes frères.

[MOI] Et ce serait quoi, selon vous, la différence entre des frères et des amis?

[EVANS] Quand tu parles à ton frère, tu ne te demandes pas ce qu'il va penser de toi. Tu n'as pas besoin d'essayer de bien paraître. Quand on est avec Bout du Monde, c'est là que nous sommes le plus proche de qui on est vraiment.

[MAXY] Les amis peuvent s'éloigner, mais on sait que le lien entre frères ne va pas se briser, même quand on se voit moins souvent. On sait aussi qu'on peut avoir des désaccords, de temps en temps, et que ça ne changera rien à notre relation. C'est pour ça qu'on se permet d'avoir des conversations aussi profondes et d'être honnêtes les uns avec les autres.

On a fini par comprendre que la récompense, c'est le moment qu'on passe ensemble à monter, pas le sommet comme tel.

[EVANS] Oui, il y a une confiance tellement forte entre nous que nous pouvons toujours être transparents. C'est cette confiance-là qui nous permet d'apprendre à mieux nous connaître. On sait les limites à ne pas franchir avec les autres, on découvre nos propres limites aussi.

[MOI] Est-ce que vous croyez que vous allez être amis toute votre vie?

[EVANS] C'est sûr. Il n'y a aucun doute.

(Les deux autres hochent la tête en souriant.)

o

Aux premiers abords, Evans, Maxy et Nicholas n'ont pas l'air particulièrement marginaux. Ils s'expriment comme la majorité des garçons de leur âge. Ils portent des *hoodies*, des t-shirts et des *sweatpants*, ils se passionnent pour le football, le soccer et le basketball. Leur relation, cependant, a quelque chose de hors norme. J'ai rarement entendu des jeunes – peu importe leur genre – parler avec autant de clairvoyance de leurs amitiés, se témoigner leur affection avec autant de limpidité. (Je parle de jeunes, mais ces aptitudes ne vont pas non plus de soi pour beaucoup d'adultes, en fait.) Ce que tout cela illustre, c'est qu'il n'est pas nécessaire de rejeter en bloc tous les codes de la masculinité, pas besoin d'avoir des manières d'être particulièrement subversives pour se défaire de certaines dynamiques GENRÉES qui poussent tant de garçons vers l'isolement.

Le type d'amitié qui lie les membres du Bout du Monde est politique, et pas seulement parce que leur groupe est né de l'élan engagé de Ricardo. Les qualités humaines qu'ils ont laissées transparaître en parlant de leur relation sont des aptitudes qui sont socialement peu valorisées, particulièrement pour les garçons. La socialisation genrée est un problème vaste, dont on ne peut pas espérer venir à bout par des gestes individuels. Pour mettre fin aux dynamiques sexistes, pour contrer leurs effets négatifs sur les filles comme sur les garçons, il faudra toute une révolution. En attendant, construire des amitiés hors norme, où on cultive la curiosité et le partage sans pression de performer un rôle préétabli, est un moyen de résistance efficace.

On dit d'une chose qu'elle est genrée lorsqu'elle réfère spécifiquement au féminin ou au masculin. Par exemple, on qualifie un jouet de « genré » lorsqu'il est conçu pour les garçons ou pour les filles, et non pour les deux en même temps. Par « dynamique genrée », on entend un phénomène qui concerne un genre plus que l'autre.

Je suis ressortie sincèrement émue de ma discussion avec Evans, Maxy et Nicholas. En y réfléchissant, j'ai réalisé que ce qui me touchait autant dans leurs témoignages, c'est la force du lien de confiance qui semble les unir : confiance qu'ils seront toujours là les uns pour les autres, peu importe comment leurs trajectoires individuelles évoluent. Je pense qu'on sous-estime ce que cette forme de sécurité relationnelle permet d'accomplir. La panoplie de situations extraordinaires et inusitées dans lesquelles se sont retrouvés les membres de Bout du Monde a amené ces derniers dans différents états d'esprit, à se poser ensemble des questions. La solidarité amicale est un contexte favorable pour construire et déconstruire les certitudes. Elle nous aide à aller au bout de nous-mêmes et de nos aspirations, à se remettre en doute, et à devenir ainsi de meilleurs humains.

3

LES AMITIÉS QUI SAUVENT LA VIE

À 17 ans, je suis tombée en amour avec Antoine*, un garçon que j'avais rencontré en m'impliquant dans un collectif anticapitaliste qui tenait des rencontres hebdomadaires dans un petit bar glauque à côté de mon cégep. J'étais de loin la plus jeune membre du groupe, il était l'un des plus âgés. Son visage inexpressif et ses interventions courtes, mais toujours assurées m'intimidaient. Il ne m'a pas adressé la parole, pas même pour me saluer, pendant les premières réunions auxquelles j'ai participé. Alors que nous attendions le même autobus après une soirée de fabrication de bannières, j'ai été prise de court lorsqu'il m'a embrassée. Nous avons passé la nuit qui a suivi enlacé·e·s sur le même futon, à parler de nos enfances et de nos films préférés. Alors que jusque-là, je doutais presque qu'il ait retenu mon prénom, soudain il me regardait et me prenait dans ses bras d'une manière qui me faisait sentir plus spéciale que jamais.

Après ce premier baiser, nous ne nous sommes plus quitté·e·s. J'ai commencé à dormir à son appartement presque toutes les nuits. Après quelques semaines, je ne rentrais chez moi que de temps en temps, pour faire une brassée de lavage et arroser ma seule plante. Il m'a intégrée à son cercle social, m'a initiée à toutes les séries qu'il écoutait. J'annulais des sorties prévues avec mes copines du secondaire pour passer du temps avec lui.

---

* Tous les prénoms utilisés dans ce chapitre sont des pseudonymes afin de préserver l'anonymat des personnes mentionnées.

Je me jetais avec un enthousiasme empressé sur chaque livre, chaque film dont il me parlait, à un point où je négligeais, faute de temps, les lectures obligatoires pour mes cours. Sans même m'en rendre compte, je me suis mise à passer plus de temps dans son univers que dans le mien.

o

Le soir où j'ai rencontré Rose, je prenais un verre avec Antoine et ses amis. Nous étions les seules filles autour de la table. Les gars parlaient avec enthousiasme d'un philosophe qu'ils avaient récemment découvert. Je comprenais à peine ce qu'ils racontaient, mais je m'efforçais de hocher la tête de temps en temps, histoire d'avoir l'air intéressée par la conversation. Rose, qui avait été invitée par un garçon qu'elle fréquentait à l'époque, a dû sentir mon ennui. Au milieu de la soirée, elle m'a demandé, les yeux brillants, si je voulais l'accompagner dans un casse-croûte ouvert 24 h quelques rues plus loin. Je l'ai suivie sans hésiter, en promettant à Antoine de revenir vite. Finalement, nous sommes restées plusieurs heures devant nos montagnes de frites, à discuter de tout et de rien, comme si nous nous connaissions depuis toujours. J'ai éclaté de rire lorsqu'elle m'a dit : « C'était tellement plate, comme soirée. Je me suis dit qu'on devait se sortir de là ensemble. » Quand j'ai regardé mon téléphone, que j'avais laissé tout ce temps dans le fond de mon sac, l'écran affichait une dizaine de textos furieux d'Antoine, qui me demandait où j'étais.

o

J'ai reconnu plusieurs de mes propres réflexions sur l'amitié en lisant l'essai de Kayleen Schaefer *Text Me When You Get Home. The Evolution and Triumph of Modern Female Friendship*[5] («Texte-moi quand tu seras chez toi. Évolution et victoire de l'amitié féminine moderne»). Dans l'introduction, l'autrice tente d'analyser le lien particulier qui l'unit à ses copines. Elle parle d'une attention spontanée, d'une compréhension naturelle. Entre elles, les amies n'auraient pas besoin de justifier leurs angoisses. Elles connaissent les risques particuliers qu'implique le fait d'être une femme qui se promène seule dans la rue, d'être une femme qui sort faire la fête, d'être une femme qui tombe en amour, et elles veillent les unes sur les autres sans nécessairement avoir à demander de l'aide. Contrairement aux hommes, à qui on enseigne la bravoure et l'affirmation de soi, les filles sont conditionnées à avoir peur. Dans ce contexte, cette bienveillance spontanée favorise leur sentiment de sécurité et les aide à mieux vivre.

o

Avec Antoine, j'avais l'impression d'évoluer hors du temps. Nous passions des nuits blanches à discuter et à faire l'amour. Je portais ses cotons ouatés en permanence, et nous passions les rares moments où nous étions séparé·e·s à nous écrire des textos. Je ne retournais plus les appels de mes parents, j'oubliais mes rendez-vous médicaux et mes dates de remise de travaux, mais je me sentais vivre quelque chose d'unique, d'extraordinaire.

J'arrivais systématiquement en retard à mes cours, lorsque je ne les manquais pas carrément. En rentrant dans la classe, je lançais à l'enseignant·e un regard désolé et j'allais m'asseoir à côté de mon amie Lysane, qui me gardait toujours une place et acceptait de partager ses notes.

o

Mon quotidien est devenu moins idyllique le jour où Antoine a été renvoyé pour des motifs obscurs du centre d'appels où il travaillait à temps plein. Il s'est mis à décliner toutes les propositions d'activités sociales. Il prétextait la fatigue et le manque de sous, et il passait ses journées à dormir et à jouer aux jeux vidéo. Son air mystérieux qui m'avait séduite s'est transformé en un état dépressif qui m'inquiétait, tellement que je craignais de le laisser seul. Il pouvait passer des soirées entières sans m'adresser la parole, mais je restais dans la même pièce que lui, à essayer de faire mes devoirs en attendant un sourire ou des mots tendres qui ne venaient jamais. Une fois où son silence m'était particulièrement insupportable, je me suis mise à lui parler d'une réalisatrice iranienne dont j'avais découvert l'existence quelques heures plus tôt dans mon cours de cinéma. Il m'a écoutée, le regard vide, avant de m'interrompre au milieu d'une phrase : « Je sais pas pourquoi tu me parles de ça. C'est vraiment plate. »

o

Un soir, Lysane m'a convaincue de l'accompagner à une projection du film *Thelma & Louise*[6] organisée par un ciné-club féministe. Ce classique du cinéma américain met en scène deux amies qui partent en cavale après que l'une d'elles eut été agressée par un homme à la sortie d'un bar. Au volant d'une décapotable, elles parcourent le désert américain en cumulant les malchances et en essuyant les revers. Elles échappent à des policiers, à de séduisants manipulateurs, à des maris contrôlants. L'issue de leur fuite est incertaine, mais une chose est claire : aucune des deux n'abandonnera l'autre, même si cela implique de mourir ensemble.

Je suis ressortie de cette projection bouleversée, hantée par la réalisation que notre monde est hostile et dangereux pour celles qui tentent de vivre intensément. Une conviction me rassurait, toutefois : en temps de crise, l'amitié justifie les gestes les plus beaux et les plus insensés.

o

Rose avait continué à m'écrire régulièrement après la soirée au casse-croûte. Je ne comprenais pas trop ce qu'elle voyait de si intéressant en moi, elle qui avait tellement d'ami·e·s, mais elle m'invitait presque toutes les semaines à boire des thés ou à prendre des marches sur le bord de la rivière. Ces propositions étaient pour moi des occasions de prendre congé pour une heure ou deux de mon quotidien étouffant. Nous ne parlions jamais d'Antoine, mais Rose s'inquiétait parfois de mes yeux cernés. J'ignore comment, mais elle parvenait à me faire remarquer mon air fatigué d'une manière qui ne me faisait pas me sentir moche, qui au contraire me donnait l'impression d'être moins seule.

o

L'appartement d'Antoine était situé à 15 minutes de marche d'un supermarché, mais cette distance nous paraissait infranchissable. Le frigidaire était vide en permanence. Souvent, en fin de soirée, alors que la faim nous faisait tourner la tête, nous commandions des pizzas que je payais en essayant de ne pas penser à mon compte en banque presque vide. Le reste du temps, nous nous nourrissions de Kraft Dinner et de pogos congelés achetés au dépanneur du coin. J'ai commencé à prendre du poids de manière exponentielle, si bien que presque tous mes vêtements sont devenus trop petits.

o

Lysane avait quelques années de plus que les autres étudiant·e·s de notre programme car elle avait interrompu ses études après le secondaire pour gagner des sous. J'avais tout de suite eu un élan de sympathie envers elle parce qu'elle portait des t-shirts de groupes punks et s'impliquait dans le comité féministe du cégep. Elle venait d'une famille pauvre et nombreuse qui lui avait appris à faire beaucoup avec peu de moyens.

Un jour, j'ai éclaté en sanglots en lui parlant de mon corps qui me complexait et de mes angoisses financières. J'ai eu peur qu'elle me parle d'un truc infaillible pour maigrir ou qu'elle me propose de m'aider à faire un budget, mais elle m'a plutôt proposé de faire une tournée des comptoirs familiaux. «Ça va t'aider à te sentir belle, d'avoir de nouveaux vêtements. Ça va être le fun, pis ça ne coûtera presque rien.»

o

À une autre projection du ciné-club féministe, j'ai découvert l'adaptation cinématographique du roman *The Color Purple*[7] (*La Couleur pourpre)*, de l'écrivaine afro-américaine Alice Walker. Campée dans les États-Unis ruraux du début du XXe siècle, l'œuvre raconte l'histoire de Celie, une jeune fille mariée de force à un homme plus vieux qui la frappe quotidiennement en lui reprochant d'être une mauvaise ménagère. Il pousse l'odieux jusqu'à imposer à Celie d'héberger sa maîtresse, une chanteuse de blues prénommée Shug, qui fait tourner la tête de tous les hommes du village.

Alors que ç'aurait pu être la prémisse d'une violente scène de jalousie, Shug se prend d'affection pour Celie. Elle sent toute la tristesse de sa consœur, et cherche à l'apaiser en lui offrant son amitié. La complicité qui se développe entre les deux protagonistes donne lieu à l'un des plus beaux moments du film. À la fin d'une soirée festive où Celie est demeurée en retrait, Shug l'invite dans sa chambre en lui annonçant : « *You need a smile practice!* »

(«Tu as besoin de pratiquer ton sourire!») Elle lui prête une longue robe à paillettes rouge et des bijoux, puis l'installe devant le miroir en lui jurant qu'elle est beaucoup plus jolie qu'elle ne le croit. Célie s'illumine soudainement, animée d'une joie qu'elle n'espérait plus.

o

Je suis rentrée emballée de ma virée dans les friperies, avec dans mon sac des chemises fleuries, des vestons à carreaux et une robe jaune citron. Quand j'ai déballé mes trouvailles devant Antoine, il a affiché un air dégoûté. «Tu vas avoir l'air d'une enfant le jour de l'Halloween. Aucune chance que je sorte dans la rue avec toi si tu portes ces vêtements-là.»

> Pour la première fois depuis des mois, j'ai eu le réflexe de lui répondre. De lui rappeler qu'il était mal placé pour me juger, avec ses t-shirts troués et ses cheveux sales.

> Il s'est levé d'un bond. Sa main crispée autour de mon bras et ses dents serrées m'ont fait comprendre que j'avais intérêt à me taire, la prochaine fois.

Cette altercation a été le premier de nombreux épisodes violents. Pendant plus d'un an, notre quotidien n'a été qu'une suite sans fin de chicanes dont je ne parviens pas à me souvenir des motifs, mais qui dégénéraient immanquablement en insultes. Il y a eu des coups de poing dans le mur et des posters affichés pour cacher les trous. Il y a eu des coups sur mon corps et des vêtements longs portés pour cacher mes bleus. La fois où je me suis enfermée dans la salle de bain alors qu'il frappait contre la porte en m'ordonnant de sortir. La fois où j'ai retrouvé tous mes sous-vêtements déchiquetés dans mon tiroir après une dispute.

Un soir, alors qu'il était sorti faire une course, j'ai appelé ma mère en larmes pour la supplier de venir me chercher. J'ai ramassé des vêtements, et je suis allée l'attendre à quelques coins de rue de l'appartement.

Un peu plus tard, couchée dans mon ancienne chambre d'enfant, j'ai texté Antoine pour lui dire que je ne reviendrais plus.

o

Après notre rupture, je craignais de croiser Antoine chaque fois que je marchais seule dans la rue. Je suis allée passer quelques jours chez Lysane, qui venait de déménager dans une autre ville pour faire son baccalauréat. Je me plaisais à la suivre dans ses déplacements quotidiens, à l'accompagner au marché et dans ses cours de sciences politiques. Parfois, je me mettais à pleurer au milieu d'une balade ou en écoutant un film, et elle ne me demandait aucune explication.

Pour me changer les idées, Rose me convainquait de participer avec elle aux soirées karaoké organisées par le bar gai de notre quartier. Pendant cette période, le moindre bruit me faisait sursauter, et des cauchemars me réveillaient en panique chaque nuit. Pourtant à ses côtés, je me sentais en sécurité, et quand nous dansions ensemble sur de vieux *hits* québécois, j'avais la certitude qu'une vie meilleure était possible pour moi.

Dans une tentative de comprendre ce qui m'était arrivé, j'ai consulté différentes ressources offertes par des organismes soutenant les victimes de violence conjugale. Dans ma tête, la violence conjugale était un drame de femme mariée, quelque chose qui arrive aux personnes plus vieilles, établies dans un ménage avec des enfants. L'expression «conjoint violent» m'évoquait des hommes alcooliques qui pestent contre leur épouse en rentrant du travail ou du bar. J'avais de la difficulté à croire que c'était ce que moi, du haut de mes 19 ans, je venais de subir.

Toutes les brochures de sensibilisation que je consultais me répétaient la même information :

> L'isolement est souvent l'une des premières étapes de la violence conjugale. Les partenaires contrôlant·e·s incitent leur victime, par des stratégies souvent subtiles, à sortir le moins possible, à s'éloigner de leurs proches, à rompre des liens significatifs. À l'inverse, la présence d'un réseau de soutien peut être salutaire au moment de mettre fin à une relation toxique. Être entourées de personnes qui croient leur version des faits et leur renvoient une image positive d'elles-mêmes peut suffire à donner aux victimes la force nécessaire pour s'en sortir.

Sans la solidarité de mes amies, je ne sais pas combien de temps j'aurais mis à partir. La violence conjugale est une dynamique qui s'installe sans qu'on s'en rende compte, qui nous fait sans cesse douter de nos propres perceptions. Parce qu'elles agissaient comme des témoins bienveillantes, parce qu'elles voyaient ma peine sans la juger, mes amies m'ont permis de garder un minimum de lucidité et de saisir la gravité de ce que je vivais. Elles ne m'ont jamais demandé d'explications, jamais donné de conseils que je ne leur avais pas demandés, ne m'ont jamais fait sentir que je faisais de mauvais choix, même si elles l'ont sans doute pensé à certains moments. Ma relation avec Antoine avait détruit une

J'en suis ressortie avec la conviction que les amitiés peuvent nous sauver la vie.

partie de mon estime de moi, mais à leurs côtés, je sentais que je valais encore quelque chose.

J'ignore jusqu'où la manipulation et la violence physique auraient pu dégénérer si j'étais restée plus longtemps. Aujourd'hui, je frémis lorsque je lis dans les nouvelles des histoires de FÉMINICIDES. Cette entrée brutale dans l'âge adulte a laissé en moi des marques indélébiles, mais j'en suis ressortie avec la conviction que les amitiés peuvent nous sauver la vie.

Un féminicide est le meurtre d'une femme ou d'une fille en raison de son genre. On parle souvent de féminicide pour désigner un meurtre commis dans un contexte de violence conjugale.

4

VIVRE EN AMITIÉ

SUR LES COLOCATIONS AMICALES

On associe souvent la colocation à la jeunesse, et on conçoit le fait d'habiter seul·e ou en couple comme un pas vers la vie adulte. Beaucoup de gens souscrivent à ce scénario, qui est considéré comme la norme, surtout dans les milieux blancs de classe moyenne. Les jeunes quittent le nid familial au début de l'âge adulte pour aller étudier dans une autre ville, ou simplement par désir d'autonomie. Partager un loyer à plusieurs apparaît alors comme une solution économique et une bonne occasion d'entretenir sa vie sociale. Ce mode d'habitation convient aux colocs pendant quelques années, jusqu'à ce que leurs revenus leur permettent de vivre en solo sans se ruiner. Ou encore, ils s'engagent dans des relations amoureuses, et la perspective de former un ménage à deux apparaît comme la chose naturelle à faire. Quitter la colocation pour habiter seul·e ou en couple est généralement perçu positivement, peu importe les motivations derrière cette décision. J'ai l'impression qu'à l'inverse, on tient pour acquis que les personnes qui vieillissent en colocation le font faute de mieux, parce qu'elles sont trop pauvres ou restent éternellement célibataires. On conçoit rarement cette option comme un choix enviable et complètement délibéré.

Je serais de mauvaise foi si j'affirmais qu'il n'y a aucun désavantage à habiter à plusieurs. Les colocs qui font du bruit en rentrant tard le soir, qui laissent traîner leur vaisselle sale ou décorent le salon avec des affiches qu'on trouve hideuses : quiconque a vécu en colocation pendant plusieurs années a expérimenté ces petits désagréments. Dans un contexte de vie en couple ou en famille, on conçoit les conflits liés au ménage comme des «défis à surmonter», mais dans les colocations, le même type de mésententes apparaît souvent comme des points de non-retour. Il n'y a rien de condamnable à vouloir habiter seul·e ou en couple. Seulement, cette idée que la colocation ne serait qu'une première étape, une transition vers quelque chose de mieux en dit long, il me semble, sur le peu de valeur qu'on accorde aux choix de vie collectifs. Cette vision découle aussi d'une conviction qui semble un peu trop répandue : l'intimité et le «chez-soi» seraient réservés au couple et à la famille, pas aux ami·e·s.

> Partager notre logement peut pourtant s'avérer riche en expériences humaines, surtout si on choisit de le faire avec des personnes que nous aimons, avec qui nous avons envie de construire quelque chose de significatif.

Cela peut nous inciter à placer davantage nos relations sociales au centre de nos préoccupations. Même si les colocations amicales qui s'étendent au-delà de la vingtaine ne sont pas si fréquentes, il existe des modèles inspirants qui prouvent qu'habiter avec ses ami·e·s peut être une manière de vivre mieux.

o

Officiellement intégré dans *Le Robert* depuis 2021, iel est un pronom à la troisième personne qui permet de désigner une personne sans l'associer au genre féminin ou au genre masculin. Ce terme est utilisé par beaucoup de personnes non-binaires, mais peut aussi être employé lorsqu'on veut parler d'une personne ou d'un groupe de personnes de façon neutre.

Théo fait partie de ces personnes qui voient dans l'habitation collective un idéal, de la même manière que d'autres rêvent d'avoir une grande maison et des enfants. À 32 ans, IEL a vécu dans plusieurs types de colocations, aux fonctionnements et aux configurations variées, et partage actuellement un grand appartement avec quatre autres personnes. Lorsque nous nous rencontrons pour qu'iel me parle de ses expériences, iel m'explique que ce mode de vie s'est imposé presque naturellement dans son parcours. En s'installant au Québec pour les études, il y a près d'une quinzaine d'années, iel a emménagé avec deux autres personnes et, rapidement, leur ménage est devenu comme une seconde famille. Spontanément, les trois colocs se sont mis·e·s à partager les dépenses quotidiennes et à cuisiner les un·e·s pour les autres. Cette expérience a été tellement positive qu'il est apparu naturel, pour Théo, de chercher de nouvelles colocations par la suite. Pendant toute sa vingtaine, iel a vécu avec 2 à 13 autres personnes dans des logements où le partage des tâches et des espaces communs s'organisait sans règles officielles.

Il y a quelques années, iel a déménagé à la campagne avec trois ami·e·s dans une maison qu'iels ont baptisée «LeZpot». Le nom laisse deviner la nature de la colocation : ses habitant·e·s avaient choisi de fonder un foyer exclusivement entre personnes s'identifiant comme GOUINES. «Ce n'est pas que je ne voulais plus côtoyer des hétérosexuel·le·s. Seulement, au fil de mes colocations, j'avais réalisé que la communauté prend souvent une signification différente, une importance plus cruciale pour les queers et les lesbiennes. Comme nous aspirons rarement à fonder une famille nucléaire traditionnelle, c'est avec nos ami·e·s que nous cherchons à nous établir quelque part, et ça influence notre niveau d'engagement dans nos milieux de vie.» Contrairement à ses appartements précédents, LeZpot était plus

Historiquement, gouine est une insulte utilisée contre les lesbiennes. Des membres de la communauté lesbienne tentent toutefois de se la réapproprier en l'utilisant pour se désigner elles-mêmes.

qu'une maison, c'était aussi un projet social. Des activités culturelles et militantes y étaient organisées, et des visiteur·euse·s y étaient fréquemment hébergé·e·s. L'un des objectifs de cette maison était de créer un espace sécuritaire où accueillir d'autres queers et lesbiennes vivant en ville. Les personnes qui l'habitaient étaient unies par des liens d'amitié, mais aussi par un sentiment de solidarité. Faire vivre LeZpot exigeait un engagement soutenu, mais leur donnait aussi l'impression – euphorisante – de participer à construire quelque chose de plus grand qu'iels-mêmes.

Aujourd'hui, Théo conçoit plus que jamais son mode d'habitation comme un choix politique. Iel est revenu·e· à Montréal dans une colocation qui se définit comme un collectif de vie queer dont le but n'est pas seulement de partager un logement, mais plus encore d'envisager le futur à plusieurs. Les colocs s'engagent à prendre soin les un·e·s des autres, à considérer le bien-être de chacun·e. Iels ont établi des règles de cohabitation pour assurer le bon fonctionnement de ce projet de vie. Les tâches ménagères sont réparties équitablement, et chaque souper de la semaine est cuisiné par une personne différente. Environ deux fois par mois, toute la maisonnée se rassemble pour une réunion, dont l'objectif principal est autant de veiller aux bonnes dynamiques de groupe que d'organiser la logistique des tâches ménagères. Chacun·e s'engage aussi à planifier ponctuellement des moments seul·e à seul·e avec les autres membres de la colocation, afin de renforcer leurs liens et de parler de leur relation. Ces manières de faire très «officielles» peuvent paraître un peu exigeantes, de l'extérieur. Pourtant, elles ont été développées pour éviter que des dynamiques conflictuelles ou inéquitables s'installent sans qu'on s'en rende compte.

Selon Théo (et je suis bien d'accord), nous sommes influencé·e·s par une sorte de culture de la spontanéité qui peut nous empêcher de nous exprimer librement et de nous sentir bien. «Dans les amitiés, dans les colocations, on voudrait tellement que les choses se passent bien *naturellement*, sans qu'on ait à faire d'efforts. Je réalise qu'on ne nous apprend pas vraiment à exprimer notre mécontentement de manière constructive, ni à recevoir les critiques des autres. Il faut parfois créer des cadres pour que les choses qui ont à être dites le soient dans un contexte harmonieux.» Iel ajoute, en souriant : «Un·e bon·ne coloc, ce n'est pas juste quelqu'un·e qui lave sa vaisselle et cuisine des bonnes recettes de muffins, c'est surtout une personne qui fait de l'introspection, du travail sur soi, qui est capable de bien se comprendre et de considérer les autres à la fois.» Ses expériences de cohabitation lui ont bien appris que vivre ensemble représente tout un travail humain. Que c'est un processus qui demande de l'investissement, mais à travers lequel on se construit.

Même s'iel a dû gérer plusieurs déménagements et quelques conflits interpersonnels, Théo me dit se sentir privilégié·e en pensant à son quotidien des dernières années, et en imaginant ce que les prochaines années lui réservent. «Quand je réfléchis à toute la charge mentale, toute l'énergie que ça exige, gérer le quotidien, je me dis que j'ai de la chance de pouvoir partager ça à plusieurs. J'ai eu une sorte de révélation le jour où j'ai compris qu'il était possible de fonder sa vie sur des projets collectifs, de se constituer des familles choisies. Lorsque j'ai compris que mon futur pouvait ressembler à ça, j'ai eu l'impression d'atterrir dans un pays que je cherchais depuis toujours.»

o

Les milieux de vie comme ceux dans lesquels Théo a évolué ont quelque chose de hors norme parce qu'ils défient l'image typique de ce à quoi ressemble une «maison d'adultes». Parce qu'ils incarnent un esprit de communauté rare, et invitent à déconstruire les visions traditionnelles de la famille et du foyer. Ces exemples montrent que vivre à plusieurs n'est pas une chose qui va de soi, que cela exige de développer des réflexes de partage et des modes de communication qui conviennent à chacun·e. Évidemment, les grosses colocations militantes ne conviennent pas à tout le monde. Or il existe une foule d'autres façons – peut être moins explicitement politiques, mais tout aussi épanouissantes – de construire des lieux de vie autour de l'amitié. Il y a des duos d'ami·e·s qui vivent ensemble pendant des décennies, à un point où s'installent entre elleux des dynamiques qui ressemblent à celles d'un couple de longue date. J'ai rencontré de jeunes parents qui faisaient le pari de s'installer sous le même toit qu'une autre famille, en disant préférer le tumulte d'une maisonnée grouillant d'enfants au calme d'un foyer unifamilial.

La série animée *Tuca & Bertie*[8] (2019), créée par la scénariste et dessinatrice Lisa Hanawalt, m'a arraché quelques larmes d'émotion la première fois que je l'ai écoutée (et continue à m'émouvoir chaque fois que je la réécoute).

> Tuca et Bertie sont deux copines de toujours qui vivaient ensemble jusqu'au jour où le copain de Bertie emménage chez elle. Par chance, Tuca réussit à se trouver un autre logement dans le même immeuble, quelques étages plus haut, et cherche sans cesse de nouvelles astuces pour continuer à passer le plus de temps possible chez Bertie. Elle s'obstine à ne pas déménager ses dernières boîtes, s'invite à déjeuner et insiste pour rester dormir sur le divan, bien que sa propre chambre ne se trouve qu'à quelques mètres. Même si Tuca et Bertie ne demeurent officiellement plus à la même adresse, la grande proximité qui s'est installée entre elles au fil du temps continue à exister. Tuca s'assoit directement dans le lit de Bertie pour lui remonter le moral le jour où cette dernière est paralysée par des crises d'anxiété. Dans ses moments de nostalgie, Bertie s'ennuie des objets que Tuca récupérait en faisant les poubelles et entassait dans le fond de leur appartement. Les deux amies se confient les détails de leurs vies sexuelles respectives, et partent ensemble à la pharmacie en quête de shampooing spécial lorsque Tuca découvre qu'elle a des morpions.

Ces mises en scène comiques sont touchantes, parce qu'elles illustrent bien les liens forts qui peuvent se développer entre des ami·e·s qui décident de partager leur intimité, qui choisissent de se côtoyer pas seulement dans les soirées festives, mais aussi dans les matins difficiles et les après-midi gris où on s'habille en mou et broie du noir. Dans *Tuca & Bertie*, on voit bien qu'une amitié forte prend aussi racine dans nos moments moins glorieux et dans les actions banales du quotidien.

o

La crise du logement qui sévit dans plusieurs régions du Québec a des effets concrets sur nos modes de vie. Dans les dernières années, plusieurs grandes colocations ont été démantelées à la suite des expulsions et des reprises de logement. Des colocataires qui mettaient de l'énergie depuis des années dans des projets de vie commune ont dû se reloger ailleurs, souvent dans des appartements plus petits. Le prix moyen des loyers en ville augmente à un rythme accéléré. Louer des espaces à moitié délabrés à des groupes d'étudiant·e·s, de punks et d'artistes n'est plus une option financièrement avantageuse pour des propriétaires. Ceux-ci préfèrent les rénover, en refaire les divisions, puis les vendre ou les louer beaucoup plus cher à des couples ou à des personnes seules.

Nous vivons dans un monde où tout – les loyers, mais aussi les aliments et les biens essentiels – coûte de plus en plus cher. Acheter une maison et subvenir aux besoins d'une famille n'ont jamais été aussi difficiles. Habiter seul·e est une option de moins en moins viable lorsque notre revenu est le moindrement précaire. Dans ce contexte, partager des maisons et des appartements est peut-être une des meilleures façons de bien vivre sans s'endetter ou s'épuiser avec les heures de travail supplémentaires.

S'il y a un aspect positif à cette réalité économique inquiétante, c'est qu'on peut y voir une occasion de développer un rapport plus engagé à l'habitation. Les colocations amicales ont quelque chose de révolutionnaire, parce qu'elles invitent à mettre en commun nos ressources (nos biens, mais aussi notre temps et notre énergie) plutôt qu'à nous débrouiller par nous-mêmes. Pendant notre entretien, Théo m'a expliqué qu'une des choses qu'iel trouve fabuleuses, avec les milieux de vie collectifs, c'est que « le tout y est souvent plus grand que la somme des parties ». Ce que cela signifie, entre autres, c'est qu'à partir du moment où on conçoit le fait d'habiter à plusieurs comme un projet en soi, on ne diminue pas seulement nos tâches ménagères et nos dépenses : on crée un espace de partage et de solidarité qui influence la personne que nous devenons. À travers le contact quotidien de nos colocs, nos idées et notre personnalité évoluent. Nous apprenons à développer une conscience des autres qui nous est profitable dans les autres sphères de notre vie également. La sécurité – matérielle et émotionnelle – qu'apportent les colocations amicales peut nous aider à envisager différemment, peut-être plus librement, notre futur. Ce mode de vie apparaît comme une forme de résistance dans une société où l'individualisme prévaut, mais il a aussi le potentiel de nourrir nos trajectoires personnelles.

5

PARTAGER LES MÊMES PISTES

SUR LES AMITIÉS EN CONTEXTE D'ÉQUIPES SPORTIVES ET LA CULTURE DU ROLLER DERBY

Dans les autres chapitres de cet essai, je m'intéresse surtout à des relations construites dans la sphère privée. J'aborde peu les rapports qui se développent dans le cadre d'un projet ou d'une activité plus officielle, où nous nous retrouvons à côtoyer des gens que nous n'avons pas choisis, que nous n'aurions peut-être jamais connus autrement. En discutant avec plusieurs personnes autour de moi, j'ai réalisé que beaucoup vivent leur première situation de groupe élargi en pratiquant un sport d'équipe. Jusqu'à l'âge de 16 ans, aller à l'école est une obligation, pas quelque chose qui nous définit comme individu. Nous ne décidons pas non plus de la famille dans laquelle nous venons au monde. Les équipes sportives auxquelles nous nous inscrivons sont souvent les premières communautés auxquelles nous prenons part de notre propre gré. En joignant leurs rangs, on se retrouve automatiquement lié·e·s à d'autres personnes, à un nom et à une effigie, et cette appartenance peut s'avérer très significative.

Les témoignages que j'ai entendus autour des équipes sportives oscillent entre le désastre et l'enchantement. Une de mes collègues m'a parlé avec grand enthousiasme de ses matchs de hockey cosom. Elle était l'une des seules femmes de sa ligue, et elle se réjouissait de réussir à faire sa place dans un univers essentiellement masculin tout en dénonçant les commentaires sexistes. Mon frère ne sait pas comment il serait passé à travers son adolescence s'il n'avait pas joué au football. Les journées d'école l'ennuyaient à mourir, mais lorsqu'il se retrouvait sur le terrain avec des dizaines d'autres garçons cachés sous des casques et des épaulettes puant la sueur, il oubliait ses complexes et ses devoirs non faits, et avait la satisfaction de participer à une expérience collective intense. Beaucoup de gens m'ont aussi mentionné leur humiliation d'avoir fait perdre leur équipe par leurs piètres performances, ou d'avoir été chicané par un coach tyrannique. Pour ma part, je garde un souvenir amer de l'année où j'ai fait partie de l'équipe de volleyball de mon école secondaire. J'ai passé la saison à me faire intimider par mes coéquipières, qui s'amusaient à me voler mes vêtements dans les vestiaires, et j'étais si mauvaise que pendant les tournois, je me faisais retirer du jeu au bout de quelques minutes.

Pas besoin d'être spécialiste de la sociologie du sport pour comprendre que l'équipe sportive comme configuration sociale est une médaille à deux faces. Cette structure a le potentiel de changer notre vie positivement, mais aussi de démolir notre estime personnelle. L'effet de groupe permet d'accomplir de grandes choses, mais est aussi susceptible de produire des rapports toxiques. Il me semble qu'on gagnerait à prendre davantage conscience de cette tension. Ma connaissance personnelle des équipes sportives n'est guère développée : elle se limite en fait à mon expérience traumatisante au volleyball. Je demeure malgré tout convaincue que les sports de groupe, s'ils sont organisés avec un minimum d'éthique, ont un grand potentiel sur le plan humain. Que nous devrions réfléchir davantage à ce que ces pratiques collectives peuvent nous apprendre sur la solidarité.

Roller derby : entre compétition et solidarité

Popularisé aux États-Unis dans la première moitié du XXe siècle, le roller derby se pratique en patins à roulettes sur une grande piste oblongue. Le concept est assez simple, mais la discipline très exigeante physiquement.

> Deux équipes de cinq athlètes se retrouvent en même temps sur le jeu. Deux joueur·euse·s (un·e par équipe) ont pour objectif de réaliser le plus de tours de piste possible alors que leurs adversaires tentent, par diverses techniques de blocage, de les en empêcher. C'est un sport de contact où les blessures et les commotions cérébrales sont fréquentes, toutefois il règne dans les matchs une atmosphère conviviale.

Même dans les niveaux les plus avancés, toute l'organisation logistique (promotion, animation, réservation des salles, etc.) est assurée de manière bénévole par les membres de la ligue elle-même, ce qui ajoute un côté sans prétention aux événements. Il existe aujourd'hui quelques ligues masculines, mais le roller derby est un sport traditionnellement féminin, qui a été investi avec le temps par les communautés lesbiennes et queers.

C'est notamment ce qui a motivé Marion à chausser ses patins à roulettes pour la première fois. Originaire de la France, elle venait d'arriver au Québec après avoir obtenu un poste de professeure à l'université, et cherchait à se construire un réseau social. Elle aurait pu joindre un atelier de tricot ou un club de randonnée, mais l'univers du roller derby la faisait rêver. «Ce n'est certainement pas un hasard si la première communauté vers laquelle je me suis tournée en arrivant au Québec était celle-là. Je ne voulais pas seulement me faire des ami·e·s, j'avais besoin d'un espace où faire mon *coming out* et m'affirmer comme lesbienne.»

Bien que le roller derby demeure un sport de compétition, avec des pointages et des pénalités, des gagnant·e·s et des perdant·e·s, l'organisation de la Montréal Roller Derby est conçue de manière à créer un climat de solidarité plutôt qu'à exacerber les rivalités. Les différentes équipes de la ligue s'affrontent pendant les tournois, mais les joueur·euse·s de toutes les équipes s'entraînent ensemble la moitié du temps, et plusieurs activités sociales sont organisées pour favoriser un sentiment d'appartenance général. Marion m'explique qu'un système de pairage a été mis en place il y a quelques années, pour éviter que certaines personnes se sentent isolées. En joignant la ligue, chaque joueur·euse se voit jumelé·e à une autre personne, qui est désignée comme sa «*derby wife*». Les partenaires, qui ne sont pas forcément dans la même équipe, ont la responsabilité symbolique de prendre des nouvelles l'un·e de l'autre et de s'épauler dans leurs cheminements respectifs au sein de la ligue.

Même si elle a accroché définitivement ses patins il y a quelques années, après sept saisons de jeu, Marion constate avec joie que plusieurs liens amicaux tissés dans le cadre du roller derby ont survécu à sa «retraite». «J'ai vécu des deuils amoureux depuis le jour où j'ai commencé à jouer au derby, mais je vois encore ma *derby wife*. On s'écrit de temps en temps, on se voit pour prendre des cafés et des crèmes glacées, on se tient au courant de ce qui se passe dans nos vies. C'est quand même réjouissant de voir que ce "mariage"-là, et les liens qui se sont tissés au fil des saisons, continuent à avoir du sens, à exister à l'extérieur du sport.»

Fort·e·s et fragiles

Toutes les personnes que j'ai questionnées sur leur expérience du roller derby m'ont parlé de l'intensité de ce sport, qui demande beaucoup de temps (plusieurs séances d'entraînement par semaine, en plus des matchs, des événements spéciaux et du bénévolat). Le roller derby exige aussi de repousser les limites de son corps à travers des entraînements difficiles, et d'apprendre à encaisser les coups d'épaules et les chutes. Selon Marion, l'agressivité dont il faut apprendre à faire preuve au roller derby permet de se sentir *badass*, mais elle implique aussi de se rendre vulnérable.

«Comme c'est un sport de contact, où il y a régulièrement des blessé·e·s, tu dois avoir une grande confiance dans les autres. Tu dois avoir la certitude que chaque coup est donné à 100 % pour le jeu, et non pour se défouler ou régler une situation.» Ce pacte de confiance est précieux : c'est ce qui permet aux joueur·euse·s de vivre des expériences physiquement intenses sans se mettre réellement en danger.

Alex s'est retrouvée dans une situation de grande vulnérabilité lors du premier camp d'entraînement auquel elle a participé. Elle s'est présentée à une séance sans connaître personne, pleine de volonté d'apprendre.

> Au début de chaque saison, les ligues de roller derby organisent des camps d'entraînement qui sont ouverts à tou·te·s, débutant·e·s et avancé·e·s.

Malgré sa motivation de départ, les heures d'entraînement ardu passées à assimiler de nouvelles techniques l'ont plongée dans un état de grande fatigue et de stress. Elle me raconte qu'à un certain moment, après avoir fait une chute qui aurait pu la blesser, elle a éclaté en larmes, et n'a plus été capable d'arrêter de pleurer pendant plusieurs minutes. Elle a enfoui son visage dans l'épaule d'une autre joueuse qui s'était approchée d'elle pour l'aider à se calmer. « Pendant tout le temps qu'a duré ma crise d'anxiété, je sentais des regards posés sur moi. J'avais peur d'être jugée, d'être perçue comme ridicule, mais dès que je me suis calmée et que j'ai réintégré le jeu, les sourires encourageants des autres m'ont réconfortée. J'ai compris que dans ce milieu-là, on n'est pas discrédité·e si on laisse voir sa fragilité. » Aux yeux de ses coéquipier·ère·s, assumer ses faiblesses était même un signe d'honnêteté et de maturité.

J'ai compris que dans ce milieu-là, on n'est pas discrédité·e si on laisse voir sa fragilité.

Depuis cet épisode, elle n'hésite pas à parler à ses partenaires de derby de ses doutes, à décortiquer avec elleux ce qui fonctionne moins bien dans les jeux. Elle partage parfois des problèmes de sa vie personnelle, et ses confidences sont accueillies avec sensibilité. Alex explique qu'elle n'a jamais ressenti autant de bienveillance collective qu'au roller derby. Contrairement à d'autres milieux sportifs où il est encouragé de se montrer inébranlable, de ne pas laisser transparaître sa fatigue ou sa démotivation, au roller derby, il est possible de se présenter à des entraînements ou à des matchs en n'étant pas nécessairement à son meilleur, en avertissant le reste de l'équipe qu'on sera moins performant·e qu'à l'habitude. Selon Alex, la culture de l'empathie est une des particularités du roller derby. «Comme dans tous les sports de compétition, il y a une volonté collective de performer, on valorise le dépassement de soi. C'est important de s'investir au maximum et de jouer le mieux possible. Mais il y a une meilleure compréhension des difficultés personnelles que chacun·e peut rencontrer. Notre équipe ne nous soutient pas juste si nous la faisons gagner, et clairement, cette cohésion nous aide à mieux nous dépasser.»

Trouver sa deuxième famille

Lorsqu'il a rejoint la Montréal Roller Derby, il y a quelques années, Warz a été impressionné par le dévouement sur plusieurs fronts des membres de la ligue : leur rigueur à l'entraînement, mais aussi leur attention aux rapports interpersonnels. Toute sa vie, il a pratiqué différents sports d'équipe et il affirme n'avoir jamais été témoin d'autant de sensibilité à l'inclusion. Il explique cela par le profil particulier des joueur·euse·s.

VICTORIA
9999
MONTREAL
NEW SKIDS ON THE BLOCK
S-ONE
PRO. DESIGNED, Inc.

«Dans la plupart des ligues de roller derby, il y a une forte proportion de membres de la communauté queer, plusieurs personnes trans et non-binaires. Cette particularité ne fait pas de nous de meilleures personnes, mais nous sommes beaucoup à avoir subi de la discrimination ou de l'exclusion tout au long de notre vie. Nous portons plus attention, je pense, aux dynamiques de groupe. Cet espace de solidarité est essentiel pour beaucoup d'entre nous, il faut s'investir pour bien le préserver.»

Pour Warz, le roller derby est devenu comme une deuxième famille. Il a décidé de rejoindre la ligue alors qu'il se sentait isolé après une séparation amoureuse. Non seulement il s'est tout de suite découvert un engouement pour la pratique du sport en tant que tel, mais il a aussi eu le sentiment d'appartenir tout d'un coup à une collectivité. Il rigole en me disant que, pendant sa première saison, il était tellement obsédé par sa nouvelle passion que son coloc l'imitait affectueusement en répétant «je mange derby, je parle derby, je vis derby». Rapidement, cette pratique a pris toute la place, dans son emploi du temps comme dans ses conversations. Plusieurs membres de son équipe sont devenu·e·s ses ami·e·s proches. Le climat d'entraide au sein de la ligue lui a aussi beaucoup apporté : rejoindre les rangs d'une équipe de derby, c'est aussi être intégré·e à un réseau de personnes qui ressentent de la sympathie les unes pour les autres sans avoir besoin de se connaître intimement. Les joueur·euse·s créent des groupes Facebook où iels partagent leurs questions sur divers sujets, annoncent des recherches de colocation et s'invitent à des événements. Le jour où Warz a subi une opération liée à sa transition de genre, des membres de la ligue à qui il avait à peine parlé auparavant sont venu·e·s lui porter des desserts cuisinés maison pour le réconforter pendant sa convalescence. Il sait que si son enthousiasme pour le roller derby est aussi débordant, c'est parce qu'il a trouvé là un lieu où il a l'impression de pouvoir être absolument lui-même, d'être soutenu en tant qu'athlète, mais aussi en tant que personne.

o

J'aurais sans doute pu écrire un texte similaire en me basant sur différentes expériences sportives. Mon but n'est pas de faire la promotion du roller derby (même si je vous encourage vivement à essayer, ç'a l'air franchement palpitant!). Cette discipline m'est apparue comme un bon exemple de travail et de réflexion sur la dimension humaine du sport, mais des processus similaires existent certainement dans d'autres milieux. Pas besoin d'être une personne queer pour réfléchir aux dynamiques d'inclusion et d'exclusion. Un climat d'accueil et de bienveillance profite à tout le monde, même aux personnes qui ne sont pas marginalisées. De manière générale, je suis persuadée que nous gagnons à considérer les équipes sportives comme des projets sociaux, ou du moins à réfléchir davantage, avec plus de sensibilité, aux manières dont elles peuvent transformer les individus. Les bonnes pratiques relationnelles ne vont pas de soi, surtout au sein d'un groupe élargi. Le roller derby montre qu'il faut développer des structures pour s'assurer que l'expérience de l'équipe soit émancipatrice, et non oppressante, pour le plus de personnes possible.

Au fil des discussions avec les joueur·euse·s de roller derby, j'ai réalisé combien le sentiment d'appartenance à un groupe peut nous construire. Les sports d'équipe ne servent pas qu'à nous divertir et à nous mettre en forme. Ils peuvent aussi nous aider à assumer ou à développer certains aspects de notre personnalité, à mieux nous connaître en explorant nos limites et nos vulnérabilités. Quand on parle d'accomplissement de soi, on réfère trop souvent au fait de réussir des actions, de performer dans tel ou tel domaine. On oublie que le fait de trouver des gens qui nous ressemblent, de construire des liens de confiance avec elleux, permet aussi de s'accomplir. La valeur de ces relations ne s'évalue pas à travers un système de pointage, mais elles ont le pouvoir de changer nos vies.

6

COUCHER ENTRE AMI·E·S

SUR LES FRONTIÈRES ENTRE AMITIÉ, AMOUR ET DÉSIR

J'ai mis du temps à réaliser que la première fois que j'ai fait l'amour, c'était avec mon amie Marianne. En troisième secondaire, je me suis fait un chum que j'ai aimé avec une intensité que je n'avais jamais ressentie auparavant. Au bout de quelques jours de relation, nous nous sommes promis de rester ensemble longtemps. Quelques semaines plus tard, alors que nous *frenchions* passionnément dans le sous-sol de ses parents, j'ai sorti un condom de mon sac, il a trouvé ma proposition invitante, et j'ai pu noter dans ma ligne du temps personnelle cette date comme étant celle de *ma première fois*.

Or quand je rembobine mes souvenirs, je réalise que cette intimité sexuelle, je l'avais déjà vécue quelques mois plus tôt, alors que je passais quelques jours chez ma meilleure amie. Marianne fréquentait une autre école de la région, mais nous nous visitions pendant les week-ends, et les soirs de semaine, nous passions des heures à nous raconter chaque détail de nos journées au téléphone. Elle faisait du *snowboard* l'hiver, du *wakeboard* l'été, portait des vêtements de marque. Moi, j'avais une grande affection pour la musique classique et les bijoux en bois. Elle était sociable et extravertie alors que moi, je passais toutes mes pauses de dîner avec les trois mêmes personnes. Je ne me leurrais pas : si nous avions évolué dans le même milieu, nous n'aurions sans doute jamais été amies.

Un soir, alors que nous étions allongées côte à côte dans son lit, je me suis mise à lui parler d'une grande

On m'a toujours appris que l'amour et le désir étaient indissociables.

tristesse que je traînais en permanence à ce moment-là. C'était les vacances d'été, et je me remettais d'une année scolaire difficile, passée à me faire intimider par les filles de mon équipe de volleyball et à me chicaner avec ma famille. Pendant que j'essayais de mettre des mots sur mon chagrin, j'ai éclaté en sanglots. Pour me consoler, elle s'est retournée et m'a longuement serrée contre elle. Je ne suis plus certaine de la séquence exacte des gestes qui ont suivi, mais je me souviens que cette étreinte a duré très longtemps, que nous avons spontanément commencé à nous embrasser, puis à nous caresser avec des gestes qui nous prenaient par surprise et nous semblaient naturels à la fois. Que nous nous sommes retrouvées nues, et que nous avons joui à tour de rôle. À la fin, dans un élan de gêne, nous avons remis nos pyjamas, mais nous avons dormi enlacées. Le lendemain, nous n'avons pas parlé de ce qui s'était passé entre nous la veille, sans qu'il y ait toutefois de malaise, et je suis rentrée chez moi avec le cœur plus léger qu'à l'habitude.

o

Il y a plusieurs facteurs qui expliquent pourquoi je n'ai pas tout de suite vu ces ébats comme ma première relation sexuelle. Même si je ressentais régulièrement du désir pour d'autres filles, je me considérais à l'époque comme hétérosexuelle. Quand je pensais au jour où je ferais enfin l'amour, je m'imaginais toujours avec un garçon. J'étais incapable d'envisager un autre scénario.

Mon éducation romantique y est certainement aussi pour beaucoup. On m'a toujours appris que l'amour et le désir étaient indissociables. J'ai grandi en croyant qu'une sexualité idéale est une sexualité pratiquée dans le cadre d'une relation amoureuse dite sérieuse. J'ai aussi souvent entendu qu'il valait mieux ne pas mélanger le désir et l'amitié, qu'en couchant avec ses ami·e·s, on risquait de créer des malaises inutiles. Le sexe m'apparaissait comme un terrain dangereux : en s'y aventurant, on risquait de compromettre l'image que les autres ont de nous, de créer de fausses attentes et des malentendus. Les liens amicaux, eux, avaient quelque chose de sacré, et il valait mieux ne pas les mettre en péril pour quelques moments de plaisir physique.

Pourtant, plusieurs situations de sexe amical dans ma propre vie et celle de mes proches m'ont permis de déconstruire ce préjugé. Si les rapports sexuels peuvent mettre de la distance entre les gens, c'est à cause des tabous et des non-dits. Le sexe – lorsqu'on le pratique et lorsqu'on en parle – est un espace où on se retrouve vulnérable, et cette vulnérabilité est un état difficile à apprivoiser. J'ai souvent vu des gens coucher ensemble, avoir passé un moment agréable sans nécessairement avoir envie de répéter l'expérience, mais ne pas oser se parler explicitement de leurs envies. Parfois, il y a aussi une gêne à avoir été vu·e nu·e, à avoir révélé son intimité. Ce sont ces dynamiques qu'il faut déconstruire, pas l'attirance que nous pourrions potentiellement ressentir pour des ami·e·s.

Et en rejetant la possibilité que l'attachement amical et l'intimité sexuelle puissent se juxtaposer, en voulant trop ranger les différents types de liens humains dans des cases hermétiques, on se prive de moments significatifs. On discrédite d'emblée des relations qui pourraient être riches sur le plan de la découverte de soi et de l'épanouissement.

o

Il n'y a pas de lien direct entre notre orientation sexuelle et notre rapport à l'amitié. Entretenir des relations amicales profondes est à la portée de la majorité des gens, que l'on soit hétérosexuel·le ou non. Il est toutefois important de mentionner que les communautés LGBTQ+ ont historiquement travaillé à déconstruire les frontières entre les différents types de relations. Dans les communautés gaies, des hommes se rassemblent depuis longtemps en petits cercles d'amis et d'amants où le sexe fait partie des manières d'être ensemble au même titre que les discussions animées, les soupers et les soirées festives.

Dans les milieux queer et polyamoureux, beaucoup de gens rejettent l'idée que l'intimité physique soit réservée au couple monogame.

On accepte qu'il puisse y avoir du désir entre deux ami·e·s, que ce désir puisse être nommé sans nécessairement mener à des rapprochements. On conçoit aussi qu'une relation puisse être romantique et platonique à la fois, ou qu'un sentiment amoureux puisse évoluer vers de l'amitié sans que le désir, lui, disparaisse automatiquement.

> Ces manières de vivre et d'aimer contribuent à défaire les vieux standards qui placent l'amitié dans une catégorie opposée à celles de l'amour, de la sexualité, de l'intimité. Les modèles plus traditionnels ne sont pas nécessairement mauvais, mais il y a un danger à les reproduire sans se poser de questions, en se disant que « c'est ce qu'il faut faire ».

Ces modèles deviennent néfastes lorsqu'ils nous empêchent de nous questionner sur ce que nous désirons réellement, sur ce qui nous ferait du bien. Ils deviennent problématiques lorsqu'on les voit comme un idéal à atteindre et non une option parmi tant d'autres.

o

Ma conviction que la sexualité et l'amitié peuvent aller de pair s'est raffermie lorsque j'ai écouté *120 battements par minutes*[9], il y a quelques années.

> Ce film de fiction français est inspiré de l'histoire du mouvement ACT UP Paris, une association luttant contre le sida et pour les droits des personnes séropositives. Il donne à voir un groupe de militant·e·s qui organisent des manifestations et tentent de se soutenir mutuellement au quotidien, plusieurs étant elleux-mêmes atteint·e·s du VIH.

Le film se conclut par l'une des plus belles scènes de sexe que j'ai vues au cinéma. L'un des personnages principaux, Sean, meurt après avoir passé de longs mois dans un état de santé critique. À la fin d'une cérémonie de commémoration improvisée par les proches du défunt, son amoureux, Nathan, demande à Thibault, un membre de leur groupe d'ami·e·s, de venir passer la nuit avec lui. Un peu surpris par cette invitation, Thibault demande : « Tu veux baiser, et tout ? », ce à quoi Nathan acquiesce. On voit ensuite des plans où les deux hommes, nus, s'embrassent et font l'amour. À la fin, Nathan éclate en sanglots et Thibault le serre dans ses bras avec une tendresse spontanée.

On pourrait trouver étrange, même inapproprié, de vivre un deuil amoureux dans les bras d'une autre personne. Il y a souvent une logique de séduction derrière la manière dont on nous apprend à concevoir le sexe à deux. À travers la volonté de coucher avec quelqu'un·e, il y a fréquemment le désir d'être «choisi·e» et l'intimité sexuelle est une manière d'officialiser le caractère spécial, unique d'une relation. Mais j'ai maintes fois eu l'impression qu'en sacralisant trop la sexualité, en la réservant à des contextes romantiques précis, on restreignait aussi ses potentiels.

Les relations amicales sont supposées être des espaces d'affection désintéressée, où on veille sur les autres sans attendre d'avantages directs ou calculables. Dans cette logique, il ne paraît pas si incongru que des ami·e·s, lorsqu'il y a une attirance physique partagée, puissent vouloir se faire du bien par des rapports sexuels. En fait dans certains contextes, un·e ami·e est peut-être la personne toute désignée, plus qu'un·e partenaire dont on ne connaît pas toutes les attentes et les intentions, pour nous offrir une proximité physique qui nous fera nous sentir mieux. Pour certaines personnes, le sexe peut être vécu comme un témoignage de bienveillance, au même titre qu'offrir des biscuits maison ou faire de l'écoute active.

o

Marianne et moi avons continué à coucher ensemble régulièrement pendant plusieurs années. Nous n'en disions rien à personne, parce que nous n'étions pas prêtes à quoi que ce soit qui aurait ressemblé à un *coming out* et parce qu'elle avait, la plupart du temps, des copains à qui elle ne disait rien de nos élans passionnels. Aussi, nous n'avions pas besoin de trouver d'alibis ou de mentir à nos parents pour nous retrouver sous les mêmes draps : lorsque nous nous visitions, nous partagions le lit de l'autre et cette intimité entre filles paraissait on ne peut plus *normale*. (Je tiens ici à préciser que cette manière de considérer les amitiés entre adolescent·e·s témoigne de plusieurs angles morts. Une relation entre des personnes ne devrait pas être traitée différemment selon leurs genres respectifs. Supposer que des ami·e·s du même genre n'auront pas de sexualité découle d'un préjugé HÉTÉRONORMATIF .)

Pendant la même période, j'étais obsédée par le fait de me rendre sexuellement désirable aux yeux des garçons. J'ai acheté des vêtements que je ne trouvais pas particulièrement beaux, je me suis acharnée à raser chaque poil qui poussait sur mon corps, parce que j'avais la conviction que c'était la seule manière d'être belle et féminine. Avec Marianne, je n'ai jamais éprouvé de complexes. Nous passions l'essentiel de nos soirées à regarder des films en t-shirt et en petite culotte : enlever les quelques bouts de tissu qui nous restaient sur le corps ne faisait pas une grande différence, à ce compte-là. Je ne ressentais pas non plus de pression de performance. Les caresses que nous échangions n'étaient qu'une

L'hétéronormativité est une perception de l'hétérosexualité comme étant l'orientation sexuelle « normale », naturelle, à privilégier. Selon un point de vue hétéronormatif, toutes les autres orientations sexuelles sont marginales.

continuité de l'affection que nous éprouvions l'une pour l'autre le reste du temps.

Aujourd'hui, lorsque je parle de cette amitié particulière, on me demande souvent si je considère Marianne comme un amour de jeunesse inavoué. J'ai analysé plusieurs fois la question, sans être capable d'y répondre. J'ai de la difficulté à tracer la frontière entre un sentiment amoureux et une amitié forte, surtout lorsque celle-ci est doublée d'une attirance physique. Ce que je sais, cependant, c'est que notre relation me convenait parfaitement telle qu'elle était. Marianne a longtemps été la personne que je voyais le plus, à l'extérieur de ma famille. Je me suis toujours sentie unique à ses yeux, et je n'ai jamais éprouvé le besoin de m'afficher publiquement en couple avec elle. Notre intimité physique m'a fait du bien à des périodes où j'avais très peu confiance en moi. Quand je me retrouvais dans ses bras, je me sentais un peu mieux dans mon corps, que j'avais alors tellement de difficulté à aimer. Mon seul regret dans cette histoire est de l'avoir gardée secrète aussi longtemps. J'aurais voulu dire à mon entourage, alors que j'étais encore adolescente, combien coucher entre ami·e·s peut être bon et libérateur. En discutant de mon aventure avec Marianne plus ouvertement, j'aurais pu déconstruire les idées préconçues qui orientaient ma vision des relations amicales et amoureuses. J'aurais sans doute compris plus tôt qu'il n'y a pas de règles ou de limites morales qui déterminent ce qui est permis et interdit de faire à l'intérieur d'une amitié, surtout lorsque celle-ci est fondée sur un désir profond de se faire du bien mutuellement.

7

LES AVATARS QUE NOUS SOMMES

À LA DÉFENSE
DES AMITIÉS EN LIGNE

J'ai eu ma première adresse courriel au tournant des années 2000, à l'époque où Internet faisait son entrée dans les maisons des familles québécoises de la classe moyenne. Mes parents, mon frère et moi partagions le même ordinateur, un immense engin recouvert de plastique beige installé dans notre salon. Nous nous divisions le temps d'écran selon des plages horaires déterminées d'avance pour éviter les conflits. Je passais toutes les heures de connexion qui m'étaient allouées sur des plateformes de clavardage, à discuter de tout et de rien avec mes copines de l'école. De temps en temps, mes parents surveillaient l'écran par-dessus mon épaule, et passaient de petits commentaires. « Vous avez vraiment tant de choses à vous dire ? » Ou encore : « Tant qu'à vous écrire des niaiseries, pourquoi vous ne vous donnez pas rendez-vous au parc pour faire une activité ? »

> Pour mes parents, comme pour beaucoup d'autres parents, la frontière entre « rien faire du tout » et *chatter* était mince, et ils se désolaient de me voir gaspiller ainsi mes après-midi de fin de semaine.

La situation que je décris paraît complètement dépassée aujourd'hui, alors que tout le monde peut accéder à Internet en deux mouvements de pouce à partir de son téléphone portable, et qu'il existe une diversité sans fin d'applications et de réseaux sociaux pour communiquer. La réalité numérique actuelle a peu à voir avec le contexte dans lequel j'ai commencé à *chatter*, mais j'ai l'impression que le type de critiques que pouvaient faire des gens comme mes parents existe encore. Les interactions en ligne seraient moins *vraies*, nécessairement moins significatives que les rencontres en personne, elles contribueraient à dégrader nos aptitudes sociales, nous empêcheraient de développer des relations profondes : je suis certaine que vous avez déjà été exposé·e à ces idées péjoratives. C'est un discours encore très présent.

J'ai perdu tout intérêt pour les réseaux sociaux quelques mois après avoir créé mon compte Facebook en 2008. Je n'ai jamais joué à aucun jeu en ligne, et j'ai refusé de posséder un téléphone intelligent jusqu'à la fin de ma vingtaine. Je suis complètement inapte en matière de technologie et d'univers numériques, mais je ne suis pas plus à l'aise avec les jugements sévères autour des différentes formes de correspondances virtuelles. Si ces manières d'entrer en relation font partie de la vie de tant de personnes, ce n'est certainement pas parce que ces dernières sont complètement aliénées. C'est sans doute parce que ces modes de communication comportent des bienfaits qui méritent d'être analysés. Avec mon point de vue de technophobe, mais avec une grande curiosité, je me suis penchée sur des exemples de liens significatifs développés derrière des écrans.

o

J'ai vu Michel pour la première fois lors d'un événement auquel je participais pour le travail, mais notre complicité s'est développée dans les mois qui ont suivi à travers des conversations sur Messenger. Même si nous n'avions échangé en personne que quelques minutes, je lui ai écrit une semaine plus tard pour connaître la référence d'un livre qu'il m'avait mentionné. Il a profité de cet échange pour prendre de mes nouvelles, je lui ai répondu en lui renvoyant les mêmes questions. Il m'a raconté des problèmes liés au travail qui lui créaient de l'anxiété, je me suis confiée à lui au sujet d'un deuil amical que je vivais à ce moment-là. Nous nous sommes mis à parler de nos lectures du moment et de nos histoires familiales. Ses messages étaient toujours généreux et empreints d'humour. Après quelques semaines d'échanges assidus, je lui ai proposé de se voir : « C'est bien sympathique, cette conversation, mais on pourrait peut-être la poursuivre en personne ? » Lorsque nous nous sommes finalement assis autour de la même table, j'avais l'impression de me retrouver en compagnie d'un bon ami. Il m'a expliqué que les correspondances par *chat* étaient partie intégrante de sa vie sociale depuis son adolescence. Qu'il n'avait jamais eu besoin de la présence physique des gens pour devenir proche d'elleux, que c'était même une forme d'aptitude sociale qu'il avait développée avec le temps. Cette idée que les correspondances en ligne impliqueraient des habiletés distinctes de celles que nous mobilisons dans nos relations en présence m'était étrangère, mais me paraissait très cohérente. Cela me semblait assez intéressant pour que j'invite Michel à prendre un café spécifiquement pour en parler.

[MOI] Quand est-ce que ç'a débuté, ta vie sociale en ligne?

[MICHEL] Au début de l'adolescence, quand j'ai découvert les forums et les salons de clavardage. J'étais un garçon très imaginatif, et ça m'amusait de me composer des identités. J'avais plusieurs comptes, certains où j'utilisais mon vrai nom, d'autres où j'employais des pseudonymes. Parfois, je faisais une description de moi-même qui était proche de la réalité, parfois j'adoptais une personnalité imaginée de toutes pièces. Je parlais autant à mes camarades de classe qu'à de pur·e·s inconnu·e·s, des gens qui habitaient d'autres villes, qui avaient parfois une vingtaine d'années de plus que moi. J'ai fait semblant d'être une femme, d'être adulte, je me suis inventé des métiers et des occupations.

[MOI] Et tu penses que tes interlocuteur·ice·s croyaient vraiment aux histoires que tu leur racontais?

[MICHEL] Je ne peux pas l'affirmer avec certitude, mais je crois que j'étais drôlement crédible. *(Rires partagés)* Même si je mentais sur ma vraie identité, j'avais un sincère désir de comprendre les gens à qui je m'adressais. Je m'impliquais beaucoup dans les conversations, et ça inspirait une certaine confiance. Avec le recul, je réalise que mon habileté à entrer en relation s'est beaucoup construite pendant cette période où je *chattais* intensivement. J'ai trouvé des stratégies pour aborder des personnes plus vieilles, pour leur être sympathique. Ça m'a forcé à développer mon sens de l'empathie, parce que pour pouvoir gagner la confiance des gens, je devais être capable de me mettre à leur place, de comprendre avec sensibilité des réalités qui m'étaient complètement étrangères.

[MOI] Tu voyais ces échanges comme une sorte d'exercice, au fond?

[MICHEL] Je dirais que je m'amusais tout en étant honnêtement investi. Même si je m'inventais des profils et utilisais des pseudonymes, j'exposais des parts de moi qui étaient vraies, et que je dissimulais le reste du temps par peur d'être jugé. Je dirais même qu'à certains égards, j'étais plus sincère que n'importe où ailleurs. Par exemple, j'ai longtemps caché ma bisexualité à mes proches, alors que j'en parlais ouvertement sur des *chats*. Je ne sais pas ce qui serait arrivé si j'avais fait mon *coming out* en personne à mes ami·e·s et à ma famille, mais ça aurait clairement eu un effet sur mon intégration. L'école est un milieu très normatif. Y afficher sa marginalité peut avoir des conséquences énormes. On risque d'être rejeté·e ou intimidé·e si on ne se conforme pas assez au moule. Ce n'est clairement pas un contexte qui favorise l'exploration de soi. J'ai toujours été très sociable, je n'ai jamais eu de difficulté à me faire des ami·e·s, pourtant j'ai longtemps été habité par un sentiment de solitude. Quand j'y repense aujourd'hui, je comprends bien que ce sentiment était lié à une impossibilité de me montrer entièrement comme j'étais. J'exagérerais en disant que la vie sociale en ligne a suffi à combler ce manque, mais en confiant à des inconnu·e·s des choses que je n'avais jamais dites auparavant, j'ai éprouvé une sorte de soulagement.

[MOI] Est-ce que certaines de tes rencontres virtuelles ont été plus significatives que d'autres?

[MICHEL] Oui. À 18 ans, grâce à un forum de discussion, j'ai rencontré des gens qui sont aujourd'hui parmi mes meilleur·e·s ami·e·s. C'était une plateforme où les internautes échangeaient autour de toutes sortes de sujets, autant la philosophie et la littérature que les drogues et les faits divers. À ce moment-là, je travaillais comme réceptionniste et je cherchais désespérément à tuer le temps pendant mes *shifts*. J'ai commencé à intervenir dans le plus de conversations possible sur le forum en me lançant un défi à moi-même : je ne me permettais pas de ne pas savoir. Quand quelqu'un·e mentionnait des faits ou des références que je ne connaissais pas, je ne laissais pas paraître mon ignorance. Je m'assurais plutôt de faire suffisamment de recherches pour en discuter avec aisance. Ma culture générale s'est ainsi accrue de manière exponentielle. Cet exercice intellectuel me motivait beaucoup plus que mes travaux scolaires. *(Rires)*

Mes compagnons de forum faisaient partie de mon quotidien. Nous nous écrivions des dizaines de messages par jour. Après un certain temps, nous avons échangé nos adresses courriel et entamé des conversations privées. Lorsque mes correspondant·e·s ont insisté pour que nous nous rencontrions en personne, j'ai fait de l'anxiété de performance. Je ne pouvais évidemment pas être aussi érudit et articulé à l'oral que mon avatar l'était à l'écrit, et j'avais l'impression qu'un charme serait rompu.

[MOI] Et puis comment ça s'est passé finalement?

[MICHEL] J'ai d'abord continué à jouer mon avatar, même si je n'étais plus derrière mon ordinateur. Avec le temps, j'ai réussi à me défaire de ce personnage, mais ç'a pris plusieurs mois, voire quelques années. Ça m'a énormément apaisé de sentir que je pouvais être aussi intéressant, aussi désirable socialement que le personnage que je m'étais construit.

[MOI] Tu dirais que ça t'a aidé à être plus authentique?

[MICHEL] En fait, je dirais que mes expériences de relations virtuelles m'ont appris à relativiser ce que c'est, «l'authenticité». La personne que j'ai pu m'autoriser à être en ligne n'était pas nécessairement *plus vraie* que celle que j'étais en personne, elle ne l'était pas moins non plus, elle était simplement différente.

> On se fait sans cesse dire d'être soi-même, mais qu'est-ce que ça veut vraiment dire au fond ? On n'est jamais complètement la même personne d'une situation sociale à l'autre. On adapte nos comportements selon ce que l'on juge être convenable, parce que nous voulons plaire et être accepté·e.

Par exemple, on agit rarement de la même manière dans une réunion pour le travail que dans un souper avec de vieux et de vieilles ami·e·s. Ce n'est pas différent dans les communautés virtuelles, mais pour une fois, ces dynamiques sont pleinement assumées. Pour moi, ç'a été extrêmement libérateur de trouver des espaces où je pouvais construire et déconstruire ma personnalité autant que je le souhaitais. J'ai pu ainsi trouver les versions de moi-même dans lesquelles je me sentais le plus à l'aise, puis j'ai réussi à les assumer davantage.

o

Les propos de Michel, ses réflexions sur les bienfaits de l'anonymat et des relations qui ne se développent pas « dans la vraie vie » me sont revenues en tête en lisant la bande dessinée *La fille dans l'écran*[10], créée en collaboration par Lou Lubie et Manon Desveaux.

Le récit est construit autour de la correspondance entre deux jeunes artistes. L'une des deux, Coline, habite la campagne française dans la maison de ses grands-parents, où elle mène un quotidien solitaire, le plus souvent en tête à tête avec ses carnets de dessins. Elle cherche, sans grand succès, à démarrer sa carrière d'autrice jeunesse depuis qu'elle a abandonné les études pour cause de trouble d'anxiété. L'autre personnage, Marley, vit à Montréal avec son copain et travaille à temps plein comme serveuse dans un café. De l'extérieur, elle a l'air de mener une vie heureuse, mais elle ressent un grand vide. Elle ne sait plus trop ce qui les unit vraiment, son chum et elle. Son emploi lui assure de payer son loyer, mais l'empêche de se consacrer à sa véritable passion : la photographie.

Coline contacte Marley pour lui proposer une collaboration artistique après être tombée sur une série de photos d'animaux nordiques réalisées par cette dernière. Les deux filles se questionnent et se complimentent sur leurs créations respectives. Rapidement, leurs échanges sortent du cadre professionnel, et elles s'envoient chaque jour des messages au ton de plus en plus personnel, partageant des anecdotes de leur quotidien, des images de leurs animaux domestiques et de leurs randonnées en forêt. Ces messages ont sur elles un effet inattendu. Leur rencontre s'amorce autour de ce qu'elles chérissent le plus – leurs projets artistiques –, et le cadre particulier des courriels leur permet de ne pas révéler les aspects de leurs vies qui les complexent. Coline ne parle pas des angoisses qui la paralysent et l'empêchent de sortir de chez elle, Marley omet de mentionner l'existence de son copain. Elle n'avoue pas non plus qu'elle n'a pas pris de photos depuis des mois. Lorsqu'elles s'écrivent, Coline et Marley se sentent appréciées pour le meilleur d'elles-mêmes. La complicité qu'elles construisent au fil des messages leur donne à toutes les deux le courage de poser des gestes concrets pour améliorer leur situation. Grâce à l'aide de sa nouvelle amie, Coline envoie enfin son projet de livre jeunesse à une éditrice, qui l'accepte avec enthousiasme et lui offre même de nouveaux contrats. Inspirée par les ambitions de Coline, Marley quitte son emploi et son copain sur un coup de tête pour se consacrer à la photographie.

Vers la fin du livre, les deux personnages développent des sentiments amoureux l'une pour l'autre et décident de se retrouver pour vivre leur idylle, mais cette conclusion romantique est loin d'être l'élément le plus intéressant de l'histoire. Ce qui m'a marquée, en lisant *La fille dans l'écran*, c'est le pouvoir de transformation que permet spécifiquement la distance. Comme Coline et Marley entrent en contact en ne connaissant pratiquement rien l'une de l'autre, elles ne ressentent aucun besoin de jouer un rôle, et se donnent le droit d'être reconnues sur la base de ce qui compte réellement à leurs yeux.

o

Mes discussions et mes lectures ont confirmé mes intuitions : les liens qui se tissent en ligne entre des inconnu·e·s ont une valeur, ils sont même parfois aussi importants que ceux qu'on développe en personne. Si ces interactions sont parfois discréditées ou jugées négativement, c'est peut-être parce qu'elles reflètent un manque d'ouverture généralisé. Ce qui est réellement problématique, c'est que des gens ne sentent pas la possibilité de parler de leurs passions, de leur orientation sexuelle, de leurs questionnements existentiels dans le milieu où iels évoluent. Si nous vivions dans un monde où les normes sociales étaient moins fortes, on peut imaginer que moins de personnes auraient recours à des pseudonymes et à des avatars pour explorer leur identité. Les relations en ligne sous pseudonymes existeraient certainement encore, mais elles seraient peut-être moins nécessaires.

Ces questionnements incitent à réfléchir au sens même de l'amitié, qui devrait toujours être un espace de bienveillance. Avec nos ami·e·s, nous devrions pouvoir changer autant que nous le souhaitons d'apparence physique, de pronom, de passions ou de projets de vie sans craindre le rejet. Les liens amicaux ne devraient pas être conditionnels à ce que nous correspondions à une mode ou à une catégorie sociale. Cette liberté que certain·e·s retrouvent en ligne devrait exister dans toutes les relations sociales, et plus particulièrement dans les amitiés. Il faut se donner le droit d'attendre la franchise et le non-jugement des autres, il faut travailler à cultiver collectivement ces qualités pour nous aider à explorer différentes versions de nous-mêmes, à trouver celles que nous préférons.

UNE INUTILITÉ NÉCESSAIRE

CONCLUSION

À travers les entretiens et les lectures qui ont mené à la rédaction de cet essai, j'ai essayé de comprendre les manières dont les amitiés peuvent influencer positivement nos parcours personnels. J'ai voulu montrer qu'une société où l'amitié serait davantage valorisée serait une société foncièrement meilleure, moins individualiste. Que les liens amicaux n'apportent pas que des bienfaits personnels, qu'ils peuvent nous aider à lutter contre les violences sexistes et racistes. Si j'ai écrit cet ouvrage, c'est parce que la valeur de l'amitié – sa valeur politique, surtout – est encore trop peu reconnue.

«Être ami·e·s» : il n'y a pourtant rien de bien menaçant là, aucune matière à scandale ou à controverse. Globalement, les amitiés font beaucoup plus de bien que de mal, personne ne dira le contraire. Elles contribuent à enrayer l'isolement et ont un effet positif sur la santé mentale. Pourquoi donc n'en fait-on pas un grand projet collectif, une valeur qui serait enseignée à l'école, au même titre que le savoir-vivre, l'assiduité et la persévérance? Pourquoi a-t-on autant de difficulté à conférer aux amitiés une place prioritaire? Je ne peux pas donner de réponse définitive à cette question, mais je peux proposer une hypothèse.

Nous vivons dans un monde où la rentabilité prévaut. Où tout ce que nous faisons doit *servir* à quelque chose, doit nous permettre de développer telle compétence ou telle connaissance pertinente. Or cette logique utilitaire ne s'applique pas aux amitiés, elle ne nous permet pas d'évaluer toute leur importance. Les relations amicales sont rarement *utiles*, au sens où leurs effets concrets sont difficiles à calculer. Leur valeur se ressent d'une manière parfois difficile à rationaliser. Certes, il arrive que des ami·e·s nous aident avec telle ou telle tâche, nous rendent des services, mais la relation n'est pas – du moins elle ne devrait pas être – basée sur un rapport d'échanges. Les amitiés profondes sont désintéressées, c'est-à-dire qu'elles sont motivées par le simple bonheur de cheminer ensemble dans l'existence. Même si elles peuvent nous faire beaucoup de bien, elles n'ont pas à combler de besoins particuliers ni à remplir de fonction.

À la garderie, les enfants sont encouragé·e·s à faire des jeux de groupe et à « partager avec les ami·e·s ». On considère cela comme une bonne façon de développer des aptitudes sociales qui leur seront ensuite bénéfiques tout au long de leur vie. À l'école primaire, il arrive que des ami·e·s soient placé·e·s dans des classes différentes parce qu'on craint que leurs discussions les empêchent de se concentrer sur les apprentissages, que leurs blagues dérangent le reste du groupe. Je ne blâme pas les professeur·e·s qui souhaitent enseigner dans le climat le plus calme et adéquat possible. Cette stratégie pédagogique est sans doute justifiée à certains égards, mais il me semble que ce genre de scénario est révélateur. Les relations amicales sont perçues positivement lorsqu'elles nous aident à être *fonctionnel·le·s*. Tant qu'elles ne nuisent pas à notre productivité, tant qu'elles ne nous empêchent pas de faire efficacement ce que nous sommes *censé·e·s faire* (étudier, travailler, etc.).

Ce que j'essaie de dire, avec toutes ces explications, c'est que le monde dans lequel nous évoluons est organisé d'une manière qui nous empêche de saisir tout le potentiel des amitiés. Il n'y a pas de modèle type qui nous permette de définir objectivement ce qu'est une «amitié réussie». C'est peut-être ce manque de références, cette sorte d'incompréhension qui nous empêche de conférer aux relations amicales toute la place qu'elles méritent.

o

Beaucoup de grandes histoires d'amitié naissent à l'adolescence ou au début de l'âge adulte. J'ai rencontré tellement de gens qui disent avoir eu, pendant cette période, un·e ami·e dont ils étaient inséparables. Une personne qui écoutait toutes leurs confidences, qui partageait leurs goûts et leurs dimanches après-midi, dont ils se sentaient plus proches que quiconque. Certaines amitiés de ce type perdurent, mais plusieurs se défont avec les années, ou encore elles changent de forme. Les ami·e·s qui étaient au cœur de notre quotidien deviennent des connaisssances qu'on ne voit que ponctuellement. Ce «récit type» s'explique facilement: plus les gens vieillissent, moins ils ont, en moyenne, de temps libre. Ils fondent des familles, font des projets de couple, comme partir en vacances ou décorer des appartements, occupent des emplois à temps plein qui gobent l'essentiel de leur énergie. Il reste peu d'espace pour les conversations téléphoniques interminables et pour les soirées qui s'éternisent jusqu'aux petites heures du matin. Les quelques heures vacantes dans une semaine doivent être comblées de manière *optimale*. Une personne qui réduirait ses heures de travail ou qui choisirait de ne pas avoir d'enfants en disant vouloir garder du temps pour ses ami·e·s défierait la norme. Reléguer les amitiés au second plan paraît presque logique, tant nous sommes habitué·e·s à ce schéma. Pour moi, il y a là quelque chose de navrant.

Just Kids[11], écrit par la musicienne et écrivaine Patti Smith, est l'un des récits d'amitié les plus intéressants qu'il m'ait été donné de lire. L'autrice y parle de sa grande histoire d'amitié avec l'artiste Robert Mapplethorpe, qu'elle rencontre l'été de ses 21 ans, alors qu'elle vient de débarquer à New York avec seulement quelques effets personnels, sans aucunes économies ni plan précis. Patti et Robert partagent un logement délabré, dont ils paient le loyer en occupant des emplois à temps partiel ou en faisant des petits contrats. Leur mode de vie extrêmement modeste leur laisse beaucoup de temps pour la lecture et pour la création artistique, et leur permet aussi de se consacrer avec intensité à leur relation amicale, qui devient rapidement fusionnelle. Ils se racontent en boucle des épisodes de leur jeunesse, à un point où leurs anecdotes respectives deviennent des références communes. Ils philosophent pendant des heures, déambulent dans la ville, s'amusent à s'acheter des vêtements extravagants, organisent des fêtes dans leur salon. Le titre du livre décrit bien le quotidien que mènent ensemble Patti et Robert, qui a peu à voir avec celui d'adultes typiques. Il y a quelque chose d'enfantin dans leurs façons d'être, mais pas au sens d'immature ou d'insignifiant. Le travail ne leur sert qu'à se nourrir minimalement et à s'assurer un toit. Leur engagement envers l'autre est plus grand que n'importe quelle responsabilité professionnelle. Une part importante de leurs journées est réservée au jeu, au plaisir, à l'expérimentation. Et c'est sans doute ce rapport ludique au monde qui leur a permis à la fois de figurer parmi les artistes les plus marquants de leur époque et de développer cette complicité exceptionnelle.

L'histoire de Patti et Robert rappelle que les amitiés, pour s'accomplir, ont besoin de ces instants de rire et d'errance, de ces journées où rien n'apparaît plus important que d'être réuni·e·s et d'apprendre à toujours plus se connaître. Le témoignage des garçons de Bout du Monde montre bien que les grands moments d'amitié ne surviennent pas nécessairement dans les projets spectaculaires. Ils adviennent parfois sans qu'on s'y attende, à travers des activités banales et des moments passés à ne pas faire grand-chose ensemble.

o

Certain·e·s essayistes élaborent leur pensée autour d'un travail d'érudition, en épluchant exhaustivement les sources bibliographiques et en compilant les données. Mes réflexions à moi, si elles sont appuyées par des recherches, prennent surtout racine dans les expériences vécues. Les discussions dont j'ai transcrit certains extraits se sont déroulées dans un contexte formel, avec une enregistreuse et des questions rédigées d'avance, mais les thèses que je développe sont surtout nées de discussions, avec des ami·e·s proches comme avec des voisin·e·s, des collègues, des connaissances. Cet essai porte sur l'amitié, il est aussi le fruit des différentes amitiés que je cultive dans ma vie personnelle.

Je m'intéresse aux gens avec la conviction que c'est à travers les rencontres humaines que prennent forme les idées. Quand je parle de « rencontres humaines », je ne fais pas référence à des entrevues qui auraient été menées à des fins strictement documentaires. Je parle de relations réciproques fondées sur l'affection et la bienveillance. Ces sentiments devraient, selon moi, être à la base de toute démarche intellectuelle. J'espère que vous avez lu dans ce livre une invitation à aimer, à faire plusieurs des choses qui ne sont pas a priori *utiles*, qui ne servent aucune autre cause que celle – grandiose – de l'amitié.

RÉFÉRENCES

1 Chloé Delaume (dir.), *Sororité*, Points, 2021.

2 Jennifer Siebel Newsom, *The Mask You Live In*, 2015.

3 Samantha Schimdt, « No game days. No Bars. The pandemic is forcing men to realize they need deeper friendship », *The Washington Post*, 30 novembre 2020. (www.washingtonpost.com/road-to-recovery/2020/11/30/male-bonding-covid)

4 Ricardo Lamour, « Cutes, exotiques et menaçants », *BESIDE Media*. (www.beside.media/fr/dossier/vies-noires-espaces-verts/cutes-exotiques-et-menacants)

5 Kayleen Schaefer, *Text Me When You Get Home. The Evolution and Triumph of Modern Female Friendship*, Penguin Random House, 2018.

6 Ridley Scott, *Thelma & Louise*, 1991.

7 Steven Spielberg, *The Color Purple*, 1985.

8 Lisa Hanawalt, *Tuca & Bertie*, 2010.

9 Robin Campillo, *120 battements par minute*, 2017.

10 Lou Lubie et Manon Desveaux, *La fille dans l'écran*, Station T, 2019.

11 Patti Smith, *Just Kids*, Ecco, 2010.

REMERCIEMENTS

Mes premiers remerciements vont à Pauline Gagnon, qui m'a invitée à participer à la collection Radar, pour son accompagnement éditorial hors pair et pour sa bienveillance exceptionnelle.

Je remercie Roxane Desjardins, Ricardo Lamour et mathilde capone pour les échanges généreux et pour leur confiance. Merci aux joueur·euse·s de la Montréal Roller Derby, ainsi qu'à Evans, Nicholas et Maxy du collectif Bout du Monde d'avoir accepté de se prêter au jeu en répondant à mes questions.

Merci à Maryse Andraos pour son amitié littéraire.

Mes plus tendres remerciements à Michaël Dumouchel, pour ses encouragements assidus et pour son amour infini des gens, dans lequel nous nous retrouvons.

Ce projet a bénéficié du soutien financier du Conseil des Arts du Canada.